中国作家同题散文精选

服装一二三 故乡的吃食

衣食住行卷

王安忆 迟子建 等 著

人民文学出版社

图书在版编目(CIP)数据

服装一二三　故乡的吃食：衣食住行卷/王安忆等著．—北京：人民文学出版社，2022(2023.6 重印)
(中国作家同题散文精选)
ISBN 978-7-02-017141-5

Ⅰ.①服…　Ⅱ.①王…　Ⅲ.①散文集-中国-现代 ②散文集-中国-当代　Ⅳ.①I266

中国版本图书馆 CIP 数据核字(2022)第 075137 号

责任编辑　卜艳冰　邱小群　刘佳俊
封面设计　李苗苗

出版发行　人民文学出版社
社　　址　北京市朝内大街 166 号
邮政编码　100705

印　　刷　上海盛通时代印刷有限公司
经　　销　全国新华书店等

字　　数　150 千字
开　　本　890 毫米×1240 毫米　1/32
印　　张　6.875
版　　次　2022 年 9 月北京第 1 版
印　　次　2023 年 6 月第 2 次印刷

书　　号　978-7-02-017141-5
定　　价　39.00 元

编辑例言

中国素来是散文大国，历代文章，传诵不绝。而至现代，散文再度勃兴，名篇佳作，亦不胜枚举。散文一体，论者尽有不同解释，但涉及风格之丰富多样，语言之精湛凝练，名家又皆首肯之。因此，在时下“图像时代”或曰“速食文化”的阅读气氛中，重读经典散文，便又有了感受母语魅力的意义。

我国历来有编辑“类书”的传统，采撷群书，辑录各门类或某一类资料，根据内容加以编排，以供查询、征引之用，如《太平广记》《艺文类聚》《古诗类编》等。这样的编选思路，能够较为精准地囊括某一题材的佳作，方便读者检索、参考、阅读，也有利于传播，是古代的“数据库”。本着这样的出发点，我社曾分批编选并出版过一套以主题为核心的同题散文集，比如春、夏、秋、冬，比如风、花、雪、月……每册的内容相对集中，既有文学的意义，又有史料的功能。

数年过去，这套丛书在读者中反应尚佳。因此，我们决定遴选其中的经典篇目，并增加一部分之前未选入丛书的作品，出一套精选集。选文中一些现代作家的行文习惯和用词可能与当下的规范不一致，为尊重历史原貌，一律不予更动。由于编选者识见有限，疏漏之处在所难免，遗珠之憾也仍将存在，敬请读者诸君多多指教。

第一辑

衣

目录

第二辑 食

第三辑

住

第四辑 行

第一辑

衣

衣

朱自清

二十七年春初过桂林，看见满街都是穿灰布制服的，长衫极少，女子也只穿灰衣和裙子。那种整齐、利落、朴素的精神，叫人肃然起敬；这是有训练的公众。后来听说外面人去得多了，长衫又多起来了。国民革命以来，中山服渐渐流行，短衣日见其多，抗战后更其盛行。从前看不起军人，看不惯洋人，短衣不愿穿，只有女人才穿两截衣，哪有堂堂男子汉去穿两截衣的。可是时世不同了，男子倒以短装为主，女子反而穿一截衣了。桂林长衫增多，增多的大概是些旧长衫，只算是回光返照。可是这两三年各处却有不少的新长衫出现，这是因为公家发的平价布不能做短服，只能做长衫，是个将就局儿。相信战后材料方便，还要回到短装的，这也是一种现代化。

四川民众苦于多年的省内混战，对于兵字深恶痛绝，特别称为“二尺五”和“棒客”，列为一等人。我们向来有“短衣帮”的名目，是泛指，“二尺五”却是特指，可都是看不起短衣。四川似乎特别看重长衫，乡下人赶场或入市，往往头缠白布，脚蹬草鞋，身上却穿着青布长衫。

是粗布，有时很长，又常东补一块、西补一块的，可不含糊是长衫。也许向来是天府之国，衣食足而后知礼义，便特别讲究仪表，至今还留着些流风余韵罢？然而城市中人却早就在赶时髦改短装了。短装原是洋派，但是不必遗憾，赵武灵王不是改了短装强兵强国吗？短装至少有好些方便的地方：夏天穿个衬衫短裤就可以大模大样地在街上走，长衫就似乎不成。只有广东天热，又不像四川在意小节，短衫裤可以行街。可是所谓短衫裤原是长裤短衫，广东的短衫又很长，所以还行得通，不过好像不及衬衫短裤的派头。

不过衬衫短裤似乎到底是便装，记得北平有个大学开教授会，有一位教授穿衬衫出入，居然就有人提出风纪问题来。三年前的夏季，在重庆我就见到有穿衬衫赴宴的了，这是一位中年的中级公务员，而那宴会是很正式的，座中还有位老年的参政员参政员，抗日战争期间国民政府设置的最高咨询机关，遴选各党派各省区高层人士为参政员。可是那晚的确热，主人自己脱了上装，又请客人宽衣，于是短衫和衬衫围着圆桌子，大家也就一样了。西服的客人大概搭着上装来，到门口穿上，到屋里经主人一声“宽衣”，便又脱下，告辞时还是搭着走。其实真是多此一举，那么热还绷个什么呢？不如衬衫入座倒干脆些。可是中装的却得穿着长衫来去，只在室内才能脱下。西服客人累累赘赘带着上装，倒可以陪他们受点儿小罪，叫他们不至于因为这点不平而对于世道人心长吁短叹。

战时一切从简，衬衫赴宴正是“从简”。“从简”提高了便装的地位，于是乎造成了短便装的风气。先有皮茄克，春秋冬三季（在昆明是四季)，大街上到处都见，黄的、黑的、拉链的、扣钮的、收底的、不收底边的，花样繁多。穿的人青年中年不分彼此，只除了六十以上的老头儿。从前穿的人多少带些个“洋”关系，现在不然，我曾在昆明乡下见过一个种地的，穿的正是这皮茄克，虽然旧些。不过还是司机穿得最早，这成为司机文化的一个重要项目。皮茄克更是哪儿都可去，昆明我的一位教授朋友，就穿着一件老皮茄克教书、演讲、赴宴、参加典礼，到重庆开会，差不多是皮茄克为记。这位教授穿皮茄克，似乎在学晏子穿狐裘，三十年就靠那一件衣服，他是不是赶时髦，我不能冤枉人，然而皮茄克走了运是真的。

再就是我要说的这两年至少在重庆风行的夏威夷衬衫，简称夏威夷衫，最简称夏威衣。这种衬衫创自夏威夷，就是檀香山，原是一种土风。夏威夷岛在热带，译名虽从音，似乎也兼义。夏威夷衣自然只宜于热天，只宜于有“夏威”的地方，如中国的重庆等。重庆流行夏威衣却似乎只是近一两年的事。去年夏天一位朋友从重庆回到昆明，说是曾看见某首长穿着这种衣服在别墅的路上散步，虽然在黄昏时分，我的这位书生朋友总觉得不大像样子。今年我却看见满街都是，这就是所谓上行下效罢?

夏威衣翻领像西服的上装，对襟面袖，前后等长，不收底边，还开岔儿，比衬衫短些。除了翻领，简直跟中国的短衫或小衫一般无二。但短衫穿不上街，夏威衣即可堂哉皇哉在重庆市中走来走去。那翻领是具体而微的西服，不缺少洋味，至于凉快，也是有的。夏威衣的确比衬衫通风；而看起来飘飘然，心上也爽利。重庆的夏威衣五光十色，好像白绸子黄咔叽居多，土布也有，绸的便更见其飘飘然，配长裤的好像比配短裤的多一些。在人行道上有时通过持续来了三五件夏威衣，一阵飘过去似的，倒也别有风味，参差零落就差点劲儿。夏威衣在重庆似乎比皮茄克还普遍些，因为便宜得多，但不知也会像皮茄克那样上品否。到了成都时，宴会上遇见一位上海新来的青年衬衫短裤入门，却不喜欢夏威衣（他说上海也有），说是无礼貌。这可是在成都，重庆人大概不会这样想吧？

一九四四年九月七日作

多鼠斋杂谈（二则）

老舍

一、衣

对于英国人，我真佩服他们的穿衣服的本领。一个有钱的或善交际的英国人，每天也许要换三四次衣服。开会，看赛马，打球，跳舞……都须换衣服。据说：有人曾因穿衣脱衣的麻烦而自杀。我想这个自杀者并不是英国人。英国人的忍耐性使他们不会厌烦“穿”和“脱”，更不会使他们因此而自杀。

我并不反对穿衣要整洁，甚至不反对衣服要漂亮美观。可是，假若教我一天换几次衣服，我是也会自杀的。想想看，系纽扣解纽扣，是多么无聊的事！而纽扣又是那么多，那么不灵敏，那么不起好感，假若一天之中解了又系，系了再解，至数次之多，谁能不感到厌世呢！

在抗战数年中，生活是越来越苦了。既要抗战，就必须受苦，我绝不怨天尤人。再进一步，若能从苦中求乐，则不但可以不出怨言，而且可以得到一些兴趣，岂不更好呢！在衣食住行人生四大麻烦中，食最不易由苦中求乐，菜根香一定香不过红烧蹄膀！菜根使我贫血，“狮子头”却使我壮如雄狮！

住和行虽然不像食那样一点不能将就，可是也不会怎样苦中生乐。三伏天住在火炉子似的屋内，或金鸡独立的在汽车里挤着，我都想掉泪，一点也找不出乐趣。

只有穿的方面，一个人确乎能由苦中找到快活。“七七”抗战后，由家中逃出，我只带着一件旧夹袍和一件破皮袍，身上穿着一件旧棉袍。这三袍不够四季用的，也不够几年用的。所以，到了重庆，我就添置衣裳。主要的是灰布制服。这是一种“自来旧”的布做成的，一下水就一蹶不振，永远难看。吴组缃先生名之为斯文扫地的衣服。可是，这种衣服给我许多方便——简直可以称之为享受！我可以穿着裤子睡觉，而不必担心裤缝直与不直；它反正永远不会直立。我可以不必先看看座位，再去坐下；我的宝裤不怕泥土污秽，它原是自来旧。雨天走路，我不怕汽车。晴天有空袭，我的衣服的老鼠皮色便是伪装。这种衣服给我舒适，因而有亲切之感。它和我好像多年的老夫妻，彼此有完全的了解，没有一点隔膜。

我希望抗战胜利之后，还老穿着这种困难衣，倒不是为省钱，而是为舒服。

二、帽

在“七七”抗战后，从家中跑出来的时候，我的衣服虽都是旧的，而一顶呢帽却是新的。那是秋天在济南花了四元钱买的。

廿八年随慰劳团到华北去，在沙漠中，一阵狂风把那顶呢帽刮去，我变成了无帽之人。假若我是在四川，我便不忙于去再买一顶——那时候物价已开始要张开翅膀。可是，我是在北方，天已常常下雪，我不可一日无帽。于是，在宁夏，我花了六元钱买了一顶呢帽。在战前它公公道道的值六角钱。这是一顶很顽皮的帽子。它没有一定的颜色，似灰非灰，似紫非紫，似赭非赭，在阳光下，它仿佛有点发红，在暗处又好似有点绿意。我只能用“五光十色”去形容它，才略为近似。它是呢帽，可是全无呢意。我记得呢子是柔软的，这顶帽可是非常的坚硬，用指一弹，它当当的响。这种不知何处制造的硬呢会把我的脑门儿勒出一道小沟，使我很不舒服；我须时时摘下帽来，教脑袋休息一下！赶到淋了雨的时候，它就完全失去呢性，而变成铁筋洋灰的了。因此，回到重庆以后，我总是能不戴它就不戴，一看见它我就有点害怕。

因为怕它，所以我在白象街茶馆与友摆龙门阵之际，我又买了一顶毛织的帽子。这一顶的确是软的，软得可以折起来，我很高兴。

不幸，这高兴又是短命的。只戴了半个钟头，我的头就好像发了火，痒得很。原来它是用野牛毛织成的。它使脑门热得出汗，而后用那很硬的毛儿刺那张开的毛孔！这不是戴帽，而是上刑！

把这顶野牛毛帽放下，我还是得戴那顶铁筋洋灰的呢帽。经雨淋、汗沤、风吹、日晒，到了今年，这顶硬呢帽不但没有一定的颜色，也没有一定的样子了——可是永远不美观。每逢戴上它，我就躲着镜子，我知道我一看见它就必有斯文扫地之感！

前几天，花了一百五十元把呢帽翻了一下。它的颜色竟自有了固定的倾向，全体都发了红。它的式样也因更硬了一些而暂时有了归宿，它的确有点帽子样儿了！它可是更硬了，不留神，帽沿碰在门上或硬东西上，硬碰硬，我的眼中就冒了火花！等着吧，等到抗战胜利的那天，我首先把它用剪子铰碎，看它还硬不硬！

女子装饰的心理

萧　红

装饰本来不仅限于女子一方面的，古代氏族的社会，男子的装饰不但极讲究，且更较女子而过。古代一切狩猎氏族，他们的装饰较衣服更为华丽，他们甘愿裸体，但对于装饰不肯忽视。所以装饰之于原始人，正如现在衣服之于我们一样重要。现在我们先讲讲原始人的装饰，然后由此推知女子装饰之由来。

原始人的装饰有两种，一种是固定的为黥创文身，穿耳、穿鼻、穿唇等；一种是活动的，就是连系在身体上暂时应用的，如带缨、钮子这类，他们装饰的颜色主要的是红色，他们身上的涂彩多半以赤色条绘饰，因为血是红的，红色表示热烈，具有高度的兴奋力。就是很多的动物，对于赤色，也和人类一样容易感觉，有强烈的情绪的连系。其次是黄色，也有相当的美感，也为原始人所采用，再是白色和黑色，但较少采用。他们装饰所选用的颜色，颇受他们的皮肤的颜色所影响，如白色和赤色对于黑色的澳洲人颇为采用，他们所采用的颜色是要与他们皮肤的颜色有截然分别的。

至于原始人对于装饰的观念怎样呢？他们究竟为什么要装饰？又为什么要这样装饰呢？这就谈到了他们装饰的心理问题了。

我们大概会惊异于他们这种重视装饰的心理罢，如黥身是他们身体装饰中最痛苦的，用刀或铁箭在身上刺成各种花纹，有的且刺满全身，他们竟于忍受痛苦而为其人的勇敢毅力的表示。而这种忍受，大都是为了装饰美观，极少含有其他作用。少年男女到了相当年龄，便执行着这种苦刑，而以为荣。以为假如身上没能刺刻着花纹，则将来很难找到爱侣。至于活动的装饰，如各种环缨之类的佩戴物，则一方表示他们勇敢善战，不懦怯，一方面是引起异性的爱悦，因为他们都以勇敢善斗为荣。身上所佩戴的许多珍贵的装饰物，表示他们的富有，是以勇敢夺得或猎取来的。总之，原始人装饰的用意，一方是引起异性爱悦，一方是引起他人的敬畏。事实上，各种装饰是兼具此两种意义的，这实在是生存竞争中不可少和有效的工具。由这些情形看来，在原始社会中男子的装饰较女子讲究，也是因为原始社会的人民，没有确定的婚姻制度，无恒久的配偶，而女子在任何情形中都有结婚的机会，男子要得到伴侣，比较困难，故必须用种种手段以满足其欲望。

但在文明社会中，男女关系与此完全相反，男子处处站在优越地位，社会上一切法律权利都握在男子手中，女子全居于被动地位。虽然近年来有男女平等的法律，但在父权制度之下，女子仍然是被动的。因此，男子可以行动自由，女子至少要受相当的约制。这样一来，女子为达到其获得伴侣的欲望，因此也要借种种手段以取悦异性了。这种手段，便是装饰。

装饰主要的用意，大都是一方以取悦于男性，一方足以表示自己的高贵。脸上敷着白粉、红脂、口红、蔻丹等。刚才说过红色是原始人用作装饰的主要颜色，红白相称特别鲜明，不独引人注目，亦以表示其不亲劳动的身份。故牙齿既然是白的，口唇必须涂红。西洋妇女脸上涂橘黄色的粉，这是表示他们的富有，因为夏天海滨避暑为海风吹拂脸颊成黄色。白色最能显示脸部和身体的轮廓，原始人跳舞往往在夜间昏昏的灯光和月色之下，用白色在身体验成条纹，使身体轮廓显明，易为人注目。妇女用红白二色饰脸部，也是利用其颜色鲜明，且红色其热烈性，易使人感动。中国少女结婚时多穿红衣红裙，大概不外这个意义。

女子装饰亦随社会习惯而变迁。昔人的观念，以柔弱娇小为美，故女子束腰裹脚之风盛行，有“楚王好细腰，宫中多饿死”者的惨事。近来体育发达，国人观念改变，重健康，好运动，女子以体格壮健肤色红黑为美。现在一班新进的女子，大都不饰脂粉，以太阳光下的红黑色肤色的天然风致为美了。黑色太阳镜之盛行，不外表示其常常外出的习惯而已。

女子的服饰

许地山

人类是最会求进步的动物，然而对于某种事体产生一个新意见的时候，必定要经过许久的怀疑，或是一番的痛苦，才能够把它实现出来。甚至明知旧模样、旧方法的缺点，还不敢“斩钉截铁”地把它改过来咧。好像男女的服饰，本来可以随意改换的。但是有一度的改换，也必费了好些唇舌在理论上做功夫，才肯羞羞缩缩地去试行。所以现在男女的服饰，从形式上看去，却比古时好；如果从实质上看呢？那就和原人的装束差不多了。

服饰的改换，大概先从男子起首。古时男女的装束是一样的，后来男女有了分工的趋向，服饰就自然而然地随着换啦。男子的事业越多，他的服饰越复杂，而且改换得快。女子的工作只在家庭里面，而且所做的事与服饰没有直接的关系，所以它的改换也就慢了。我们细细看来，女子的服饰，到底离原人很近。

现时女子的服饰，从生理方面看去，不合适的地方很多。她们所谓之改换的，都是从美观上着想。孰不知美要出于自然才有价值，若故意弄成一种不自然的美，那缠脚娘走路的“婀娜”模样也可以在美学上占位置了。我以为现时女子的事业比往时宽广得多，若还不想去改换她们的服饰，就恐怕不能和事业相适应了。

事业与服饰有直接的关系，从哪里可以看得出来呢？比如欧洲在大战以前，女子的服饰差不多没有什么改变。到战事发生以后，好些男子的事业都要请女子帮忙。她们对于某种事业必定不能穿裙去做的，就换穿裤子了；对于某种事业必定不能带长头发去做的，也就剪短了。欧洲的女子在事业上感受了许多不方便，方才把服饰渐渐地改变一点，这也是证明人类对于改换的意见是很不激进的。新社会的男女对于种种事情，都要求一个最合适的方法去改换它。既然知道别人因为受了痛苦才去改换，我们何不先把它改换来避去等等痛苦呢？

在现在的世界里头，男女的服饰是应当一样的。这里头的益处很大，我们先从女子的服饰批评一下，再提那改换的益处罢。我不是说过女子的服饰和原人差不多吗？这是由哪里看出来的呢？

第一样是穿裙。古时的男女没有不穿裙的。现在的女子也少有不穿裙的。穿裙的缘故有两种说法：（甲）因为古时没有想出缝裤的方法，只用树叶或是兽皮往身上一团；到发明纺织的时候，还是照老样子做上。（乙）是因为礼仪的束缚。怎么说呢？我们对于过去的事物，很容易把它当作神圣的东西。所以常常将古人平日的行为，拿来当仪式化的举动；将古人平日的装饰，拿来当仪式化的衣冠。女子平日穿裤子是服装进步的一个现象。偏偏在礼节上就要加上一条裙，那岂不是很无谓吗？

第二样是饰品。女子所用的手镯、脚钏、指环、耳环等等物件，现在的人都想那是美术的安置；其实从历史上看来，这些东西都是以女子当奴隶的大记号，是新女子应当弃绝的。古时希伯来人的风俗，凡奴隶服役到期满以后不愿离开主人的，主人就可以在家神面前把那奴隶的耳朵穿了，为的是表明他已经永久服从那一家。希伯来语 Ne-zem 有耳环、鼻环两个意思。人类有时也用鼻环，然而平常都是兽类用的。可见穿耳穿鼻绝不是美术的要求，不过是表明一个永久的奴隶的记号便是了，至于手镯、脚钏更是显而易见的，可以不必说了。有人要问耳环、手镯等物既然是奴隶用的，为什么从古以来这些东西都是用很实的材料去做呢？这可怪不得。人的装束有一分美的要求是不必说的，“披毛戴角编贝文身”，就是美的要求，和手镯耳环绝不相同的。用贵重的材料去做这些东西大概是在略婚时代以后。那时的女子虽说是由父母择配，然而父母的财产一点也不能带去，父母因为爱子的缘故，只得将贵重的材料去做这些装饰品，一来可以留住那服从的记号，二来可以教子女间接地继承产业。现在的印度人还有类乎这样的举动。印度女子也是不能继承父母的产业的，到要出嫁的时候，父母就用金镑或是银钱给她做装饰。将金钱连起来当饰品，也就没有人敢说那是父母的财产了。印度的新妇满身用“金镑链子”围住，也是和用贵重的材料去做装饰一样。不过印度人的方法妥当而且直接，不像用金银去打首饰的周折便是了。

第三样是留发。头上的饰品自然是因为留长头发才有的，如果没有长头发，首饰也就无所附着了。古时的人类和现在的蛮族，男女留发的很多，断发的倒是很少。我想在古时候，男女留长头发是必须的，因为头发和他们的事业有直接的关系。人类起首学扛东西的方法，就是用头颅去顶的（现在好些古国还有这样的光景），他们必要借着头发做垫子。全身的毫毛唯独头发格外地长，也许是由于这个缘故发展而来的。至于当头发做装饰品，还是以后的事。装饰头发的模样非常之多，都是女子被男子征服以后，女子在家里没事做的时节，就多在身体的装饰上用工夫。那些形形色色的髻子、辫子都是女子在无聊生活中所结下来的果子。现在有好些爱装饰的女子，梳一个头就要费了大半天的工夫，可不是因为她们的工夫太富裕吗？

由以上三种事情看来，女子要在新社会里头活动，必定先要把她们的服饰改换改换，才能够配得上。不然，必要生出许多障碍来。要改换女子的服饰，先要选定三种要素：

（甲）要合乎生理。缠脚、束腰、结胸、穿耳自然是不合生理的。然而现在还有许多人不曾想到留发也是不合生理的事情。我们想想头颅是何等贵重的东西，岂忍得教它“纳垢藏污”吗？要清洁，短的头发倒是很方便，若是长的呢？那就非常费事了。因为头发积垢，就用油去调整它；油用得越多，越容易收纳尘土。尘土多了，自然会变成“霉菌客栈”，百病的传布也要从那里发生了。

（乙）要便于操作。女子穿裙和留发是很不便于操作的。人越忙越觉得时间短少，现在的女子忙的时候快到了，如果还是一天用了半天的工夫去装饰身体，那么女子的工作可就不能和男子平等了。这又是给反对妇女社会活动的人做口实了。

（丙）要不诱起肉欲。现在女子的服饰常常和色情有直接的关系。有好些女子故意把她们的装束弄得非常妖冶，那还离不开当自己做玩具的倾向。最好就是废除等等有害的纹饰，教凡身上的一丝一毫都有真美的价值，绝不是一种“卖淫性的美”就可以了。

要合乎这三种要素，非得先和男子的服装一样不可，男子的服饰因为职业的缘故，自然是很复杂。若是女子能够做某种事业，就当和做那事业的男子的服饰一样。平常的女子也就可以和平常的男子一样。这种益处：一来可以泯灭性的区别；二来可以除掉等级服从的记号；三来可以节省许多无益的费用；四来可以得着许多有用的光阴。其余的益处还多，我就不往下再说了。总之，女子的服饰是有改换的必要的，要改换非得先和男子一样不可。

男子对于女子改装的怀疑，就是怕女子显出不斯文的模样来。女子自己的怀疑，就是怕难于结婚。其实这两种观念都是因为少人敢放胆去做才会产生的。若是说女子“断发男服”起来就不斯文，请问个个男子都不斯文吗？若说在男子就斯文，在女子就不斯文，那是武断的话，可以不必辩了。至于结婚的问题是很容易解决的。从前鼓励放脚的时候，也是有许多人怀着“大脚就没人要”的鬼胎，现在又怎样啦？若是个个人都要娶改装的女子，那就不怕女子不改装；若是女子都改装，也不怕没人要。

服装一二三

王安忆

很惊奇满街的服装怎么卖得完。杂货店改成服装店，土产店改成服装店，书店、邮局、文具店都辟出一半在卖服装，也没见哪家倒闭，而且显出只增不减的架势。再看女人家的衣橱，这惊奇便释然了一些，哪个不是满满当当。许多衣服闲置着，没等上身一次，季节便过去了，或者潮流过去了。还有许多是一拿进家门就不喜欢的，买时眼睛盯着模特儿身上，回家才看自己身上，自然见到了真相。但除去这两类属于浪费和交学费的衣服，仅是穿在身上的那些，也还是多，确是需要大市场的。由此而来的疑惑是，哪里有那么多的钱呢？这一世界的衣服似乎能买空银行了，又不是不吃饭不干别的了，于是便要仔细琢磨一番，终于琢磨出一个结果，那就是这世界上绝大部分的钱，确实都花在衣服上了。衣服是最方便武装自己的东西，因它武装的面积最广大。在慷慨买衣服的一百个人中间，大约只有五十个人是照顾鞋和袜的，因为常常看见衣服讲究，鞋袜却相去甚远的。这五十个人中间大约又只剩二十五个人重视护肤与体形，比如常去美容院和健美班，因为街上走的人，大都形式与内容脱离。这二十五个人中举止谈吐文雅礼貌的有十二个就算多的了，这十二个人读过一些修养方面的文章，受到好的影响。要再在这中间找上一些内涵丰富、谈得上有精神生活、有个性魅力的，恐怕还要再凑上一组十二人，才得一个。因要获得这些，需要大量投资：教育、阅读、学习等等。这一份开支列出来，是否就可以证明一点，服装其实也是一种大众消费，是最多数人塑造自己寻求个性的方式，所以才会这么铺天盖地。

面对这么大量的服装，你会发现塑造个性已是一句空话。没有一种样式和风格，不是人头攒动，人满为患。倘若你又是不喜欢奇装异服的，那几乎没有立锥之地了。任凭是哪一种个别，都有推向大多数的危险。传说在旧上海，在卖笑女中曾经一度流行过女学生的装束，蓝裙白衣，日本娃娃头，手里还挟书本几册。前几日在街上看见一小尼，身穿明黄色的短袈裟，打着白色的绑脚，脚蹬麻编草鞋，头顶斗笠，背一个登山包，步态轻盈地在阳光下走着，引来众人目光，这一身很快便会流行开来，成为时装。当然，其中到底还须有一点美的道理。那年女作家三毛来到上海她新认的爸爸家，要穿一件中山装，虽然媒介很热，可却终于没有流行，是因那样子实在难以恭维，于是得不到响应。想为自己设计个形象，颇感困难。大道小路，河里船上，都是脚印摞脚印，都是人家嚼过的馒头。过去的蓝海洋灰海洋是磨灭个性，如今的姹紫嫣红万种风流，也是磨灭个性，总归是花如海，人如潮，分不出个你我他。人眼都是尖，一旦有针尖大那么个好看与独特，立刻便趋之若鹜。想来想去，不如以不变应万变，反倒省心，不必忙着在马路上和商店里挤，不必老为钱袋发愁，再为衣橱的吐故纳新动脑筋。不去想自己的形象当是如何，也不想世人的形象当如何规避，只凭着喜欢和不喜欢，有就添，没有就不添，倒也是个境界。总之，在这么个衣服世界里，要以衣服创出个性与自我，此路是不通的。千万不要上了小说的当，凡女主角出场，人不说话，衣服先说话的，小说家写一句容易，做起来就难了，不信你叫作家自己穿穿看！

然而，我在衣服上也并非是个虚无主义者，不分好坏，是非不明，总还是有点自己的兴趣。走在马路上，也往往眼观六路耳听八方，看到自己喜欢的，便用眼睛揪住不放。特别打动我的倒不是那类赏心悦目的。那一类是好看，但尽是好看也有些简单，好看这东西是山外有山、天外有天的，没个尽头。而叫我动心的则须是有趣的，还有点戏剧性的。比如多年前，看见一位刚出大学校门的女评论家，笔锋十分犀利的，年轻而又个性的她，穿了一身格子呢的套装，公司里上班的职业妇女的模样，很端肃很成熟的表情，便觉她十分可爱，是小孩穿大人衣，认真入戏的一幕，事后常常想起的。还有一回在电视的谈话节目中，有一位女教授出场。是那种敦实可亲的形象，她头发是剪短的，谈不上什么样式，梳得很利落，穿一件套头的毛衣，并不是外穿的那种，然后，戴了一串白珍珠项链，佩在毛衣外。看上去就是那种认认真真穿扮过的样子，虽没什么好东西，却是一片诚挚的气息，也是我喜欢的。有一回在法国领事馆的招待会上，那天是他们的国庆日，正值酷暑，虽有空调，但因人多，免不了汗流浃背，女士们不得不脱去外套。站在一隅，忽然悟到，女式时装其实就一个道理，就是天热时多穿，天冷时少穿。

此时，只见身边一个老先生，忽从后腰抽出一把折扇，心中便十分叫好，这一把扇子佩得很好，见风骨，又有幽默感。最不喜欢的服装是在孩子身上，大人把孩子当猴耍，因他们年幼软弱，发表不得什么见解，便左右万端地摆布他们，将他们装扮成奇模怪样，以此作乐。别的，再穿不好，也是他们自己的选择，经过一些脑筋和劳动，是他们的自由。

第二辑

食

故乡的野菜

周作人

我的故乡不止一个，我住过的地方都是故乡。故乡对于我并没有什么特别的情分，只因钓于斯游于斯的关系，朝夕会面，遂成相识，正如乡村里的邻舍一样，虽然不是亲属，别后有时也要想念到他。我在浙东住过十几年，南京东京都住过六年，这都是我的故乡；现在住在北京，于是北京就成了我的家乡了。

日前我的妻往西单市场买菜回来，说起有荠菜在那里卖着，我便想起浙东的事来。荠菜是浙东人春天常吃的野菜，乡间不必说，就是城里只要有后园的人家都可以随时采食，妇女小儿各拿一把剪刀一只“苗篮”，蹲在地上搜寻，是一种有趣味的游戏的工作。那时小孩们唱道：“荠菜马兰头，姐姐嫁在后门头。”后来马兰头有乡人拿来进城售卖了，但荠菜还是一种野菜，须得自家去采。关于荠菜向来颇有风雅的传说，不过这似乎以吴地为主。《西湖游览志》云：“三月三日男女皆戴荠菜花。谚云：三春戴荠花，桃李羞繁华。”顾禄的《清嘉录》上亦说：“荠菜花俗呼野菜花，因谚有三月三蚂蚁上灶山之语，三日人家皆以野菜花置灶陉上，以厌虫蚁。清晨村童叫卖不绝。或妇女簪髻上以祈清目，俗号眼亮花。”但浙东人却不很理会这些事情，只是挑来做菜或炒年糕吃罢了。

黄花麦果通称鼠曲草，系菊科植物，叶小微圆互生，表面有白毛，花黄色，簇生梢头。春天采嫩叶，捣烂去汁，和粉做糕，称黄花麦果糕。小孩们有歌赞美之云：

> 黄花麦果韧结结，关得大门自要吃：
>
> 半块拿弗出，一块自要吃。

清明前后扫墓时，有些人家——大约是保存古风的人家——用黄花麦果作供，但不作饼状，做成小颗如指顶大，或细条如小指，以五六个作一攒，名曰茧果，不知是什么意思，或因蚕上山时设祭，也用这种食品，故有是称，亦未可知。自从十二三岁时外出不参与外祖家扫墓以后，不复见过茧果，近来住在北京，也不再见黄花麦果的影子了。日本称作“御形”，与荠菜同为春的七草之一，也采来做点心用，状如艾饺，名曰“草饼”，春分前后多食之，在北京也有，但是吃法总是日本风味，不复是儿时的黄花麦果糕了。

扫墓时候所常吃的还有一种野菜，俗名草紫，通称紫云英。农人在收获后，播种田内，用作肥料，是一种很被贱视的植物，但采取嫩茎瀹食，味颇鲜美，似豌豆苗。花紫红色，数十亩接连不断，一片锦绣，如铺着华美的地毯，非常好看，而且花朵状若蝴蝶，又如鸡雏，尤为小孩所喜。间有白色的花，相传可以治痢，很是珍重，但不易得。日本《俳句大辞典》云："此草与蒲公英同是习见的东西，从幼年时代便已熟识。在女人里边，不曾采过紫云英的人，恐未必有吧。"中国古来没有花环，但紫云英的花球却是小孩常玩的东西，这一层我还替那些小人们欣幸的，浙东扫墓用鼓吹，所以少年常随了乐音去看"上坟船里的姣姣"；没有钱的人家虽没有鼓吹，但是船头上篷窗下总露出些紫云英和杜鹃的花束，这也就是上坟船的确实的证据了。

一九二四年四月五日

谈吃

夏丏尊

说起新年的行事，第一件在我脑中浮起的是吃。回忆幼时一到冬季，就日日盼望过年，等到过年将届就乐不可支。因为过年的时候，有种种乐趣，第一是吃的东西多。

中国人是全世界善吃的民族。普通人家，客人一到，男主人即上街办吃场，女主人即入厨罗酒浆，客人则坐在客堂里口嗑瓜子，耳听碗盏刀俎的声响。等候饭吃完了，大事已毕，客人拔起步来说“叨扰”，主人说“没有什么好待你”，有的还要苦留：“吃了点心去”，“吃了夜饭去”。

遇到婚丧，庆吊只是虚文，果腹倒是实在。排场大的大吃七日五日，小的大吃三日一日。早饭、午饭、点心、夜饭、夜点心，吃了一顿又一顿，吃得不亦乐乎，真是酒可为池，肉可成林。

过年了，轮流吃年饭，送食物。新年了，彼此拜来拜去，讲吃局。端午要吃，中秋要吃，生日要吃，朋友相会要吃，相别要吃。只要取得出名词，就非吃不可，而且一吃就了事，此外不必别有什么。

小孩子于三顿饭以外，每日好几次地向母亲讨铜板，买食吃。普通学生最大的消费，不是学费，不是书籍费，乃是吃的用途。成人对于父母的孝敬，重要的就是奉甘旨。中馈自古占着女子教育上的主要部分。“食不厌精，脍不厌细”；“沽酒市脯”、“割不正”，圣人不吃。梨子蒸得味道不好，贤人就可以出妻。家里的老婆如果弄得出好菜，就可以骄人。古来许多名士至于费尽苦心，别出心裁，考案出好几部特别的食谱来。

不但活着要吃，死了仍要吃。他民族的鬼，只要香花就满足了；而中国的鬼，仍依旧非吃不可。死后的饭碗，也和活时的同样重要，或者还更重要。普通人为了死后的所谓“血食”，不辞广蓄姬妾预置良田。道学家为了死后的冷猪肉，不辞假仁假义，拘束一世。朱竹垞宁不吃冷猪肉，不肯从其诗集中删去《风怀二百韵》的艳诗，至今犹传为难得的美谈，足见冷猪肉牺牲不掉的人之多了。

不但人要吃，鬼要吃，神也要吃，甚至连没嘴巴的山川也要吃，天地也要吃。有的但吃猪头，有的要吃全猪，有的是专吃羊的，有的是专吃牛的，各有各的胃口，各有各的嗜好，古典中大都详有规定，一查就可知道。较之于他民族的对神只作礼拜，他民族的神，似是唯心，中国的神似是唯物，似乎都是主张马克思学说的。

梅村的诗道：“十家三酒店。”街市里最多的是食物铺。俗语说，“开门七件事”，家庭中最麻烦的不是教育或是什么，乃是料理食物。学校里最难处置的不是程度如何提高，教授如何改进，乃是饭厅风潮。

俗话说得好，只有“两脚的爷娘不吃，四脚的眠床不吃”。中国人吃的范围之广，真可使他国人为之吃惊。中国人于世界普通的食物之外，还吃着他国人所不吃的珍馐：吃西瓜的实，吃鲨鱼的鳍，吃燕子的窠，吃狗，吃乌龟，吃蛇，吃狸猫，吃癞蛤蟆，吃癞头鼋，吃小老鼠。有的或竟至吃到小孩的胞衣以及直接从人身上取得的东西。如果能够，怕连天上的月亮也要挖下来尝尝哩。

至于吃的方法，更是五花八门，有烤，有炖，有蒸，有卤，有炸，有烩，有熏，有醉，有炙，有熘，有炒，有拌，真是一言难尽。古来尽有许多做菜的名厨师，其名字都和名卿相一样赫赫地留在青史上。不，他们之中有的并升到高位，老老实实就是名卿相。如果中国有一件事可以向世界自豪的，那么这并不是历史之久，土地之大，人口之众，军队之多，战争之频繁，乃是善吃的一事。中国的肴菜，已征服了全世界了。有人说中国人有三把刀为世界所不及，第一把就是厨刀。

不见到喜庆人家持着的福禄寿三星图吗？福禄寿是中国民族生活上的理想。画上的排列是禄居中央，右是福，寿居左。禄也者，拆穿了说，就是吃的东西。老子也曾说过，“虚其心实其腹”，“圣人为腹不为目”。吃最要紧，其他可以不问。“嫖赌吃着”之中，普通人皆认吃最实惠。所谓“着威风，吃受用，赌对冲，嫖全空”，什么都假，只有吃在肚里是真的。

吃的重要，更可于国人所用的言语上证之。在中国，吃字的意义特别复杂，什么都会带了“吃”字来说。被人欺负曰“吃亏”，打巴掌曰“吃耳光”，希求非分曰“想吃天鹅肉”，诉讼曰“吃官司”，中枪弹曰“吃卫生丸”，此外还有什么“吃生活”“吃排头”等等。相见的寒暄，他民族说“早安”“午安”“晚安”，而中国人则说：“吃了早饭没有？”“吃了中饭没有？”“吃了夜饭没有？”对于职业普通也用吃字来表示，营什么职业就叫作吃什么饭。“吃赌饭”“吃堂子饭”“吃洋行饭”“吃教书饭”，诸如此类，不必说了。甚至对于应以信仰为本的宗教者，应以保卫国家为职志的军士，也都加吃字于上。在中国，教徒不称信者，叫作“吃天主教的”“吃耶稣教的”，从军的不称军人，叫作“吃粮的”，最近还增加了什么“吃党饭”“吃三民主义”的许多新名词。

衣、食、住、行为生活四要素，人类原不能不吃。但吃字的意义如此复杂，吃的要求如此露骨，吃的方法如此麻烦，吃的范围如此广泛，好像除了吃以外就无别事也者，求之于全世界，这怕只有中国民族如此的了。

在中国，衣不妨污浊，居室不妨简陋，道路不妨泥泞，而独在吃上，却分毫不能马虎。衣、食、住、行的四事之中，食的程度，远高于其余一切，很不调和。中国民族的文化，可以说是口的文化。

佛家说六道轮回，把众生分为天、人、修罗、畜生、地狱、饿鬼六道。如果我们相信这话，那么中国民族是否都从饿鬼道投胎而来，真是一个疑问。

饮食男女在福州

郁达夫

福州的食品，向来就很为外省人所赏识：前十余年在北平，说起私家的厨子，我们总同声一致地赞成刘崧生先生和林宗孟先生家里的蔬菜可口。当时宣武门外的忠信堂正在流行，而这忠信堂的主人，就系旧日刘家的厨子，曾经做过清室的御厨房的。上海的小有天以及现在早已歇业了的消闲别墅，在粤菜还没有征服上海之先，也曾盛行过一时。面食里的伊府面，听说还是汀州伊墨聊太守的创作；太守住扬州日久，与袁子才也时相往来，可惜他没有像随园老人那么的好事，留下一本食谱来，教给我们烹调之法；否则，这一个福建萨伐郎（Savarin）的荣誉，也早就可以驰名海外了。

福建菜的所以会这样著名，而实际上却也实在是丰盛不过的原因，第一，当然是由于天然物产的富足。福建全省，东南并海，西北多山，所以山珍海味，一例的都贱如泥沙。听说沿海的居民，不必忧虑饥饿，大海潮回，只消上海滨去走走，就可以拾一篮海货来充作食品。又加以地气温暖，土质腴厚，森林蔬菜，随处都可以培植，随时都可以采撷。

一年四季，笋类菜类，常是不断；野菜的味道，吃起来又比别处的来得鲜甜。福建既有了这样丰富的天产，再加上以在外省各地游宦营商者的数目的众多，作料采从本地，烹制学自外方，五味调和，百珍并列，于是乎闽菜之名，就宣传在饕餮家的口上了。清初周亮工著的《闽小纪》两卷，记述食品处独多，按理原也是应该的。

福州海味，在春三二月间，最流行而最肥美的，要算来自长乐的蚌肉，与海滨一带多有的蛎房。《闽小纪》里所说的西施舌，不知是否指蚌肉而言；色白而腴，味脆且鲜，以鸡汤煮得适宜，长圆的蚌肉，实在是色香味俱佳的神品。听说从前有一位海军当局者，老母病剧，颇思乡味；远在千里外，欲得一蚌肉，以解死前一刻的渴慕，部长纯孝，就以飞机运蚌肉至都。从这一件轶事看来，也可想见这蚌肉的风味了；我这一回赶上福州，正及蚌肉上市的时候，所以红烧白煮，吃尽了几百个蚌，总算也是此生的豪举，特笔记此，聊志口福。

蛎房并不是福州独有的特产，但福建的蛎房，却比江浙沿海一带所产的，特别的肥嫩清洁。正二三月间，沿路的摊头店里，到处都堆满着这淡蓝色的水包肉；价钱的廉，味道的鲜，比到东坡在岭南所贪食的蚝，当然只会得超过。可惜苏公不曾到闽海去谪居，否则，阳羡之田，可以不买，苏氏子孙，或将永寓在三山二塔之下，也说不定。福州人叫蛎房作“地衣”，略带“挨”字的尾声，写起字来，我想只有“蚳”字，可以当得。

在清初的时候，江瑶柱似乎还没有现在那么的通行，所以周亮工再三地称道，誉为逸品。在目下的福州，江瑶柱却并没有人提起了，鱼翅席上，缺少不得的，倒是一种类似宁波横脚蟹的蟳蟹，福州人叫作“新恩”，《闽小纪》里所说的虎蟳，大约就是此物。据福州人说，蟳肉最滋补，也最容易消化，所以产妇病人以及体弱的人，往往爱吃。但由对蟹类素无好感的我看来，却仍赞成周亮工之言，终觉得质粗味劣，远不及蚌与蛎房或香螺来得干脆。

福州海味的种类，除上述的三种以外，原也很多很多；但是别地方也有，我们平常在上海也常常吃得到的东西，记下来也没有什么价值，所以不说。至于与海错相对的山珍哩，却更是可以干制、可以输出的东西，益发的没有记述的必要了，所以在这里只想说一说叫作肉燕的那一种奇异的包皮。

初到福州，打从大街小巷里走过，看见好些店家，都有一个大砧头摆在店中；一两位壮强的男子，拿了木锥，只在对着砧上的一大块猪肉，一下一下的死劲地敲。把猪肉这样地乱敲乱打，究竟算什么回事？我每次看见，总觉得奇怪；后来向福州的朋友一打听，才知道这就是制肉燕的原料了。所谓肉燕者，就是将猪肉打得粉烂，和入面粉，然后再制成皮子，如包馄饨的外皮一样，用以来包制菜蔬的东西。听说这物事在福建，也只是福州独有的特产。

福州食品的味道，大抵重糖；有几家真正福州馆子里烧出来的鸡鸭四件，简直是同蜜饯的罐头一样，不杂入一粒盐花。因此福州人的牙齿，十人九坏。有一次去看三赛乐的闽剧，看见台上演戏的人，个个都是满口金黄；回头更向左右的观众一看，妇女子的嘴里也大半镶着全副的金色牙齿。于是天黄黄，地黄黄，弄得我这一向就痛恨金牙齿的偏执狂者，几乎想放声大哭，以为福州人故意在和我捣乱。

将这些脱嫌糖重的食味除起，若论到酒，则福州的那一种土黄酒，也还勉强可以喝得。周亮工所记的玉带春、梨花白、蓝家酒、碧霞酒、莲须白、河清、双夹、西施红、状元红等，我都不曾喝过，所以不敢品评。只有会城各处在卖的鸡老（酪）酒，颜色却和绍酒一样的红似琥珀，味道略苦，喝多了觉得头痛。听说这是以一生鸡，悬之酒中，等鸡肉鸡骨都化了，然后开坛饮用的酒，自然也是越陈越好。福州酒店外面，都写酒库两字，发卖叫发扛，也是新奇得很的名称。以红糟酿的甜酒，味道有点像上海的甜白酒，不过颜色桃红，当是西施红等名目出处的由来。莆田的荔枝酒，颜色深红带黑，味甘甜如西班牙的宝德红葡萄，虽则名贵，但我却终不喜欢。福州一般宴客，喝的总还是绍兴花雕，价钱极贵，斤量又不足，而酒味也淡似沪杭各地，我觉得建庄终究不及京庄。

福州的水果花木，终年不断；橙柑、福橘、佛手、荔枝、龙眼、甘蔗、香蕉，以及茉莉、兰花、橄榄等等，都是全国闻名的品物；好事者且各有谱牒之著，我在这里，自然可以不说。

闽茶半出武夷，就是不是武夷之产，也往往借这名山为号召。铁罗汉、铁观音的两种，为茶中柳下惠，非红非绿，略带赭色，酒醉之后，喝他三杯两盏，头脑倒真能清醒一下。其他若龙团玉乳，大约名目总也不少，我不恋茶娇，终是俗客，深恐品评失当，贻笑大方，在这里只好轻轻放过。

从《闽小纪》中的记载看来，番薯似乎还是福建人开始从南洋运来的代食品；其后因种植的便利、食味的甘美，就流传到内地去了；这植物传播到中国来的时代，只在三百年前，是明末清初的时候，因亮工所记如此，不晓得究竟是否确实。不过福建的米麦，向来就说不足，现在也须仰给于外省或台湾，但田稻倒又可以一年两植。而福州正式的酒席，大抵总不吃饭散场，因为菜太丰盛了，吃到后来，总已个个饱满，用不着再以饭颗来充腹之故。

饮食处的有名处所，城内为树春园、南轩、河上酒家、司然亭等。味和小吃，亦佳且廉；仓前的鸭面，南门兜的素菜与牛肉馆，鼓楼西的水饺子铺，都是各有长处的小吃处；久吃了自然不对，偶尔去一试，倒也别有风味。城外在南台的西菜馆，有嘉宾、西宴台、法大、西米，以及前临闽江、内设戏台的广聚楼等。洪山桥畔的义心楼，以吃形同比目鱼的贴沙鱼著名；仓前山的快乐林，以吃小盘西洋菜见称，这些当然又是菜馆中的别调。至如我所寄寓的青年会食堂，地方清洁宽广，中西菜也可以吃吃，只是不同耶稣的飨宴十二门徒一样，不许顾客醉饮葡萄酒浆，所以正式请客，大感不便。

此外则福建特有的温泉浴场，如汤门外的百合、福龙泉，飞机场的乐天泉等，也备有饮馔供客；浴客往往在这些浴场里可以鬼混一天，不必出外去买酒买食，却也便利。从前听说更可以在个人池内男女同浴，则饮食男女，就不必分求，一举竟可以两得了。

要说福州的女子，先得说一说福建的人种。大约福建土著的最初老百姓，为南洋近边的海岛人种；所以面貌习俗，与日本的九州一带，有点相像。其后汉族南下，与这些土人杂婚，就成了无诸种族，系在春秋战国，吴越争霸之后。到得唐朝，大兵入境；相传当时曾杀尽了福建的男子，只留下女人，以配光身的兵士；故而直至现在，福州人还呼丈夫为“唐晡人”，晡者系日暮袭来的意思，同时女人的“诸娘仔”之名，也出来了。还有现在东门外北门外的许多工女农妇，头上仍戴着三把银刀似的簪为发饰，俗称她们作三把刀，据说犹是当时的遗制。因为她们的父亲丈夫儿子，都被外来的征服者杀了，她们誓死不肯从敌，故而时时带着三把刀在身边，预备复仇。只今台湾的福建籍妓女，听说也是一样；亡国到了现在，也已经有好多年了，而她们却仍不肯与日本的嫖客同宿。若有人破此旧习，而与日本嫖客同宿一宵者，同人中就视作禽兽，耻不与伍，这又是多么悲壮的一幕惨剧！谁说犹唱后庭花处，商女都不知家国的兴亡哩！试看汉奸到处卖国，而妓女乃不肯辱身，其间相去，又岂止泾渭的不同？这一种古代的人种，与唐人杂婚之后，一部分不完全唐化，仍保留着他们固有的生活习惯，宗教仪式的，就是现在仍旧退居在北门外万山深处的畲民。此外的一族，以水上为家，明清以后，一向被视为贱民，不时受汉人的蹂躏的，相传其祖先系蒙古人。自元亡后，遂贬为蜑户，俗呼科蹄。科蹄实为曲蹄之别音，因他们常常屈膝盘坐在船舱之内，两脚弯曲，故有此称。串通倭寇、骚扰沿海一带的居民，古时在泉州叫作泉郎的，就是这一种人种的旁支。

因为福州人种的血统，有这种种的沿革，所以福建人的面貌，和一般中原的汉族，有点两样。大致广额深眼，鼻子与颧骨高突，两颊深陷成窝，下额部也稍稍尖凸向前。这一种面相，生在男人的身上，倒也并不觉得特别；但一生在女人的身上，高突部为嫩白的皮肉所调和，看起来却个个都是线条刻画分明，像是希腊古代的雕塑人形了。福州女子的另一特点，是在她们的皮色的细白。生长在深闺中的宦家小姐，不见天日，白腻原也应该；最奇怪的，却是那些住在城外的工农佣妇，也一例地有着那种嫩白微红，像刚施过脂粉似的皮肤。大约日夕灌溉的温泉浴是一种关系，吃的闽江江水，总也是一种关系。

我们从前没有居住过福建，心目中总只以为福建人种，是一种蛮族。后来到了那里，和他们的文化一接触，才晓得他们虽则开化得较迟，但进步得却很快；又因为东南是海港的关系，中西文化的交流，也比中原僻地频繁，所以闽南的有些都市，简直繁华摩登得可以同上海来争甲乙。及至观察稍深，一移目到了福州的女性，更觉得她们的美的水准，比苏杭的女子要高好几倍；而装饰的入时，身体的康健，比到苏州的小型女子，又得高强数倍都不止。

“天生丽质难自弃”，表露欲，装饰欲，原是女性的特嗜；而福州女子所有的这一种显示本能，似乎比什么地方的人还要强一点。因而天晴气爽，或岁时伏腊，有迎神赛会的关头，南大街、仓前山一带，完全是美妇人披露的画廊。眼睛个个是灵敏深黑的，鼻梁个个是细长高突的，皮肤个个是柔嫩雪白的；此外还要加上以最摩登的衣饰，与来自巴黎纽约的化妆品的香雾与红霞，你说这幅福州晴天午后的全景，美丽不美丽，迷人不迷人？

亦唯因此之故，所以也影响到了社会，影响到了风俗。国民经济破产，是全国到处都一样的事实；而这些妇女子们，又大半是不生产的中流以下的阶级。衣食不足，礼义廉耻之凋伤，原是自然的结果，故而在福州住不上几月，就时时有暗娼流行的风说，传到耳边上来。都市集中人口以后，这实在也是一种不可避免而急待解决的社会大问题。

说及了娼妓，自然不得不说一说福州的官娼。从前邵武诗人张亨甫，曾著过一部《南浦秋波录》，是专记南台一带的烟花韵事的；现在世业凋零，景气全落，这些乐户人家，完全没有旧日的豪奢影子了。福州最上流的官娼，叫作白面处，是同上海的长三一样的款式。听几位久住福州的朋友说，白面处近来门可罗雀，早已掉在没落的深渊里了；其次还勉强在维持市面的，是以卖嘴不卖身为标榜的清唱堂，无论何人，只需花三元法币，就能进去听三出戏。就是这一时号称极盛的清唱堂，现在也一家一家地废了业，只剩了田墩的三五家人家。自此以下，则完全是惨无人道的下等娼妓，与野鸡款式的无名密贩了，数目之多，求售之切，到了骇人听闻的地步。至于城内的暗娼、包月妇、零售处之类，只听见公安维持者等谈起过几次，报纸上见到过许多回，内容虽则无从调查，但演绎起来，旁证以社会的萧条、产业的不振、国步的艰难，与夫人口的过剩，总也不难举一反三，晓得她们的大概。

总之，福州的饮食男女，虽比别处稍觉得奢侈，而福州的社会状态，比别处也并不见得十分的堕落。说到两性的纵弛，人欲的横流，则与风土气候有关，次热带的境内，自然要比温带寒带为剧烈。而食品的丰富，女子一般姣美与健康，却是我们不曾到过福建的人所意想不到的发现。

一九三六年六月二日

落花生

老　舍

我是个谦卑的人。但是，口袋里装上四个铜板的落花生，一边走一边吃，我开始觉得比秦始皇还骄傲。假若有人问我："你要是作了皇上，你怎么享受呢？"简直的不必思索，我就答得出："派四个大臣拿着两块钱的铜子，爱买多少花生吃就买多少！"

什么东西都有个幸与不幸。不知道为什么瓜子比花生的名气大。你说，凭良心说，瓜子有什么吃头？它夹你的舌头，塞你的牙，激起你的怒气——因为一咬就碎；就是幸而没碎，也不过是那么小小的一片，不解饿，没味道，劳民伤财，布尔乔亚！你看落花生：大大方方的，浅白麻子，细腰，曲线美。这还只是看外貌。弄开看：一胎儿两个或者三个粉红的胖小子。脱去粉红的衫儿，象牙色的豆瓣一对对的抱着，上边儿还结着吻。那个光滑，那个水灵，那个香喷喷的，碰到牙上那个干松酥软！白嘴吃也好，就酒喝也好，放在舌上当槟榔含着也好。写文章的时候，三四个花生可以代替一支香烟，而且有益无损。

种类还多呢：大花生、小花生、大花生米、小花生米，糖饯的、炒的、煮的、炸的，各有各的风味，而都好吃。下雨阴天，煮上些小花生，放点盐，来四两玫瑰露，够作好儿首诗的。瓜子可给诗的灵感？冬夜，早早地躺在被窝里，看着《水浒》，枕旁放着些花生米；花生米的香味，在舌上，在鼻尖；被窝里的暖气，武松打虎……这便是天国！冬天在路上，刮着冷风，或下着雪，袋里有些花生使你心中有了主儿；掏出一个来，剥了，慌忙往口中送，闭着嘴嚼，风或雪立刻不那么厉害了。况且，一个二十岁以上的人肯神仙似的，无忧无虑的，随随便便的，在街上一边走一边吃花生，这个人将来要是做了宰相或度支部尚书，他是不会有官僚气与贪财的。他若是做了皇上，必是朴俭温和直爽天真的一位皇上，没错。吃瓜子的照例不在街上走着吃，所以我不给他保这个险。

至于家中要是有小孩儿，花生简直比什么也重要。不但可以吃，而且能拿它们玩。夹在耳唇上当环子，几个小姑娘就能办很大的一回喜事。小男孩若找不着玻璃球儿，花生也可以当弹儿。玩法还多着呢。玩了之后，剥开再吃，也还不脏。两个大子儿的花生可以玩半天；给他们些瓜子试试。

论样子，论味道，栗子其实满有势派儿。可是它没有落花生那点家常的“自己”劲儿。栗子跟人没有交情，仿佛是。核桃也不行，榛子就更显着疏远。落花生在哪里都有人缘，自天子以至庶人都跟它是朋友，这不容易。

在英国，花生叫作“猴豆”。人们到动物园去才带上一包，去喂猴子。花生在这个国里真不算很光荣，可是我亲眼看见去喂猴子的人——

小孩就更不用提了——偷偷的也往自己口中送这猴豆。花生和苹果好像一样的有点魔力，假如你知道苹果的典故；我这儿确是用着典故。

美国吃花生的不限于猴子。我记得有位美国姑娘，在到中国来的时候，把几只皮箱的空处都填满了花生，大概凑起来总够十来斤吧，怕是到中国吃不着这种宝物。美国姑娘都这样重看花生，可见它确是有价值；按照哥伦比亚的哲学博士的辩证法看，这当然没有误儿。

花生大概还跟婚礼有点关系，一时我可想不起来是怎么个办法了；不是新娘子在轿里吃花生，不是；反正是什么什么春吧——你可晓得这个典故？其实花轿里真放上一包花生米，新娘子未必不一边落泪一边嚼着。

卖白果

叶圣陶

总弄里边不知不觉笼上黄昏的暮色，一列电灯亮起来了。三三两两的男子和妇女站在各弄的口头，似乎很正经的样子，不知在谈些什么。几个孩子，穿鞋没拔上跟，他们互相追赶，鞋底擦着水门汀地，作“替替”的音响。

这时候，一个挑担的慢慢地走进弄来，他向左右观看，顿一顿再向前走两三步。他探认主顾的习惯就是如此；主顾确是必须探认的，不然，挑着担子出来难道是闲耍么？走到第四弄的口头，他把担子歇下来了。我们试看看他的担子。后头有一个木桶，盖着盖子，看不见盛的是什么东西。前头却很有趣，装着个小小的炉子，同我们烹茶用的差不多，上面承着一只小镬子；瓣状的火焰从镬子旁边舔出来，烧得不很旺。在这暮色已浓的弄口，便构成个异样的情景。

他开了镬子的盖子，用一爿蚌壳在镬子里拨动，同时不很协调地唱起来了：“新鲜热白果，要买就来数。”发音很高，又含有急促的意味。这一唱影响可不小，左弄右弄里的小孩子陆续奔出来了，他们已经神往于镬子里的小颗粒，大人在后面喊着慢点儿跑的声音，对于他们只是微茫的喃喃了。

据平昔的经验，听到叫卖白果的声音时，新凉已经接替了酷暑；扇子虽不至于就此遭到捐弃，总不是十二分时髦的了；因此，这叫卖声里似乎带着一阵凉意。今年入秋转热，回家来什么也不做，还是气闷，还是出汗。正在默默相对，仿佛要叹息着说莫可奈何之际，忽然送来这么带着凉意的一声两声，引起我片刻的幻想的快感，我真要感谢了。

这声音又使我回想到故乡的卖白果的。做这营生的当然不只是一个，但叫卖的声调却大致相似，悠扬而轻清，恰配作新凉的象征；比较这里上海的卖白果的叫卖声有味得多了。他们的唱句差不多成为儿歌，我小时候曾经受教于大人，也摹仿着他们的声调唱：

> 烫手热白果，
> 香又香来糯又糯；
> 一个铜钱买三颗，
> 三个铜钱买丨颗。
> 要买就来数，
> 不买就挑过。

这真是粗俗的通常话，可是在静寂的夜间的深巷中，这样不徐不疾、不刚劲也不太柔软地唱出来，简直可以使人息心静虑，沉入享受美感的境界。本来，除开文艺，单从声音方面讲，凡是工人所唱一切的歌，小贩呼唤的一切叫卖声，以及戏台上红面孔白面孔青衫长胡子所唱的戏曲，中间都颇有足以移情的。我们不必辨认他们唱的是些什么话，含着什么意思，单就那调声的抑扬徐疾送渡转折等等去吟味；也不必如考据家内行家那样用心，推究某种俚歌源于什么，某种腔调是从前某老板的新声，特别可贵；只取足以悦我们的耳的，就多听它一会儿；这样，也就可以获得不少赏美的乐趣。如果歌唱的也就是极好的文艺，那当然更好，原是不待说明的。

这里上海的卖白果的叫卖声所以不及我故乡的，声调不怎么好自然是主因，而里中欠静寂，没有给它衬托，也有关系。弄里的零零碎碎的杂声，里外马路上的汽车声，工厂里的机器声，搅和在一起，就无所谓静寂了。即使是神妙的音乐家，在这境界中演奏他生平的绝艺，也要打个很大的折扣，何况是不足道的卖白果的叫卖声呢。

但是它能引起我片刻的幻想的快感，总是可以感谢而且值得称道的。

一九二四年八月二十二日

春天的菜

顾　随

我在这里所要说的春天的菜，是柳花菜。

不尝柳花菜者，已廿余年。每到初春，望见柳树嫩绿的枝叶，舌端便朦胧地泛起苦味的芳鲜。在一本书上，见到这样意思的几句话：欣赏鱼跃是诗；倘以为那鱼颇肥，想着捉来吃，便不是诗了。诗词中歌咏新柳的篇什，不知有多少，便是严肃的诗人杜少陵也会写出“泄漏春光有柳条”的漂亮的句子。我则只觉得好吃而已。此外别的念头也许还有，但总敌不过“好吃”。

曾经询问过各地的友人，都说没有吃过柳花菜。想来也许只有地瘠人贫的故乡才吃这种东西。在初春，新柳的叶与花都长到二三分长，摘来用开水“汤”过，拌了麻油与醋，吃时，苦味中又夹杂着芳香与新鲜。那感觉大似晴暖的春天，着起袷衫，走在和煦的春风里，深深地体会到春的降临。虽然已经是廿多年没有吃了，回忆起来，还是透鲜。而且一到春天，看见柳树便发馋。

不必去查书，只把自家所记忆的诗句子统计一下，便知道吃与味觉在韵文中占了怎样不重要的位置。视，听，嗅，三者之中，视觉最易写，也最多，虽然赶不上听觉嗅觉的深玄。我们再把白乐天写的音乐的诗，老杜的“心清闻妙香”的句子一咀嚼，则听与嗅之境界，便清楚地高出乎视觉之上了。然而我们的诗人，总不大肯写吃。吃酒是例外。我于吃酒亦是门外汉，但总以为酒之味，似乎不在舌，而在喉，下喉之后，意味更深，因为是全身的感觉了。

以《香奁集》出名的诗人韩偓有两句诗：“手香江橘嫩，齿软越梅酸。”似乎在写吃了，但还不是。因为其意不在吃。倒是宋玉在他的《招魂》中，老老实实地写了一句“厉而不爽些”，是从正面在写吃了。然而他那里调和五味，穷奢极欲，又非吾辈所能领略，宋玉虽然写得好，我们读了亦只是过屠门而大嚼而已。

古人之诗不大写吃，是有缘故的。

吃是不雅观的一件事。记得在天津时，有一次走进了市场，看见许多商人在他们的摊子旁边进晚餐。灯光之下，一张一合的嘴，与明晃晃的额上的汗，加之腮的鼓动，唇的响声，令我想到猛兽的扑食。“便是号称士君子者流的筵会上，不也是这样吗？”我又忽然这样想了。大约我那时是刚吃饱了，否则也不会有这种念头的。友人武杕生君曾说：“倘不是非吃不可，我真不想吃。老是下巴骨一抖一抖的，有多单调。”岂止单调而已么？我以为还有点儿蠢哩。

不是凡有生之伦（living being）都知道摄取食物的吗？吃之不足贵，而不为诗人所写，未必不以是故；虽然是一件要紧的事。

前些日子剜荠菜吃。妻说：“何不剜些蕨（曲？）芽来吃呢？”今日下午颇清闲，带了小女儿出去散步，顺便想剜些蕨芽。一出门，望见毵毵的柳条，又想起柳花菜来。

儿时采一点来尝一尝那芳鲜的苦味，同时并咀嚼一下我的童年。

这篇文章才写完，妻算完了日用账，走到我书斋来，说："柳花菜并不要柳花的。并且调治的时候，还不许用刀。"现在附录于此，做这篇的一个小尾巴。

四月十五日夜写完并记

故乡的食物

汪曾祺

炒米和焦屑

小时读《板桥家书》，“天寒冰冻时暮，穷亲戚朋友到门，先泡一大碗炒米送手中，佐以酱姜一小碟，最是暖老温贫之具”，觉得很亲切。郑板桥是兴化人，我的家乡是高邮，风气相似。这样的感情，是外地人们不易领会的。炒米是各地都有的。但是很多地方都做成了炒米糖。这是很便宜的食品。孩子买了，咯咯地嚼着。四川有“炒米糖开水”，车站码头都有得卖，那是泡着吃的。但四川的炒米糖似也是专业的作坊做的，不像我们那里。我们那里也有炒米糖，像别处一样，切成长方形的一块一块。也有搓成圆球的，叫作“欢喜团”。那也是作坊里做的。但通常所说的炒米，是不加糖黏结的，是“散装”的；而且不是作坊里做出来，是自己家里炒的。

说是自己家里炒，其实是请了人来炒的。炒炒米要点手艺，并不是人人都会的。入了冬，大概是过了冬至吧，有人背了一面大筛子，手持长柄的铁铲，大街小巷地走，这就是炒炒米的。有时带一个助手，多半是个半大孩子，是帮他烧火的。请到家里来，管一顿饭，给几个钱，炒一天。或二斗，或半石；像我们家人口多，一次得炒一石糯米。炒炒米都是把一年所需一次炒齐，没有零零碎碎炒的。过了这个季节，再找炒炒米的也找不着。一炒炒米，就让人觉得，快要过年了。

装炒米的坛子是固定的，这个坛子就叫"炒米坛子"，不做别的用途。舀炒米的东西也是固定的，一般人家大都是用一个香烟罐头。我的祖母用的是一个"柚子壳"。柚子——我们那里柚子不多见，从顶上开一洞，把里面的瓤掏出来，再塞上米糠，风干，就成了一个硬壳的钵状的东西。她用这个柚子壳用了一辈子。

我父亲有一个很怪的朋友，叫张仲陶。他很有学问，曾教我读过《项羽本纪》。他薄有田产，不治生业，整天在家研究易经，算卦。他算卦用蓍草。全城只有他一个人用蓍草算卦。据说他有几卦算得极灵。有一家丢了一只金戒指，怀疑是女佣偷了。这女佣人蒙了冤枉，来求张先生算一卦。张先生算了，说戒指没有丢，在你们家炒米坛盖子上。一找，果然。我小时就不大相信，算卦怎么能算得这样准，怎么能算得出在炒米坛盖子上呢？不过他的这一卦说明了一件事，即我们那里炒米坛子是几乎家家都有的。

炒米这东西实在说不上有什么好吃。家常预备，不过取其方便。用开水一泡，马上就可以吃。在没有什么东西好吃的时候，泡一碗，可代早晚茶。来了平常的客人，泡一碗，也算是点心。郑板桥说"穷亲戚朋友到门，先泡一大碗炒米送手中"，也是说其省事，比下一碗挂面还要简单。炒米是吃不饱人的。一大碗，其实没有多少东西，我们那里吃泡炒米，一般是抓上一把白糖，如板桥所说“佐以酱姜一小碟”，也有，少。我现在岁数大了，如有人请我吃泡炒米，我倒宁愿来一小碟酱生姜——最好滴几滴香油，那倒是还有点意思的。另外还有一种吃法，用猪油煎两个嫩荷包蛋——我们那里叫作“蛋瘪子”，抓一把炒米和在一起吃。这种食品是只有“惯宝宝”才能吃得到的。谁家要是老给孩子吃这种东西，街坊就会有议论的。

我们那里还有一种可以急就的食品，叫作“焦屑”。糊锅巴磨成碎末，就是焦屑。我们那里，餐餐吃米饭，顿顿有锅巴。把饭铲出来，锅巴用小火烘焦，起出来，卷成一卷，存着。锅巴是不会坏的，不发馊，不长霉，攒够一定的数量，就用一具小石磨磨碎，放起来。焦屑也像炒米一样，用开水冲冲，就能吃了，焦屑调匀后成糊状，有点像北方的炒面，但比炒面爽口。

我们那里的人家预备炒米和焦屑，除了方便，原来还有一层意思，是应急。在不能正常煮饭时，可以用来充饥。这很有点像古代行军用的“糒”。有一年，记不得是哪一年，总之是我还小，还在上小学，党军（国民革命军）和联军（孙传芳的军队）在我们县境内开了仗，很多人都躲进了红十字会。不知道出于一种什么信念，大家都以为红十字会是哪一方的军队都不能打进去的，进了红十字会就安全了。红十字会设在炼阳观，这是一个道士观。我们一家带了一点行李进了炼阳观。祖母指挥着，特别关照，把一坛炒米和一坛焦屑带了去。我对这种打破常规的生活极感兴趣。晚上，爬到吕祖楼上去，看双方军队枪炮的火光在东北面不知什么地方一阵一阵地亮着，觉得有点紧张，也很好玩。很多人家住在一起，不能煮饭，这一晚上，我们是冲炒米、泡焦屑度过的。没有床铺，我把几个道士诵经用的蒲团拼起来，在上面睡了一夜。这实在是我小时候度过的一个浪漫的夜晚。

第二天，没事了，大家就都回家了。

炒米和焦屑和我家乡的贫穷和长期的动乱是有关系的。

端午的鸭蛋

家乡的端午，很多风俗和外地一样。系百索子。五色的丝线拧成小绳，系在手腕上。丝线是掉色的，洗脸时沾了水，手腕上就印得红一道绿一道的。做香角子。丝线缠成小粽子，里头装了香面，一个一个串起来，挂在帐钩上。贴五毒。红纸剪成五毒，贴在门槛上。贴符。这符是城隍庙送来的。城隍庙的老道士还是我的寄名干爹，他每年端午节前就派小道士送符来，还有两把小纸扇。符送来了，就贴在堂屋的门楣上。一尺来长的黄色、蓝色的纸条，上面用朱笔画些莫名其妙的道道，这就能辟邪么？喝雄黄酒。用酒和的雄黄在孩子的额头上画一个王字，这是很多地方都有的。有一个风俗不知别处有不：放黄烟子。黄烟子是大小如北方的麻雷子的炮仗，只是里面灌的不是硝药，而是雄黄。点着后不响，只是冒出一股黄烟，能冒好一会儿。把点着的黄烟子丢在橱柜下面，说是可以熏五毒。小孩子点了黄烟子，常把它的一头抵在板壁上写虎字。写黄烟虎字笔画不能断，所以我们那里的孩子都会写草书的“一笔虎”。还有一个风俗，是端午节的午饭要吃“十二红”，就是十二道红颜色的菜。十二红里我只记得有炒红苋菜、油爆虾、咸鸭蛋，其余的都记不清，数不出了。也许十二红只是一个名目，不一定真凑足十二样。不过午饭的菜都是红的，这一点是我没有记错的，而且，苋菜、虾、鸭蛋，一定是有的。这三样，在我的家乡，都不贵，多数人家是吃得起的。

我的家乡是水乡。出鸭。高邮大麻鸭是著名的鸭种。鸭多，鸭蛋也多。高邮人也善于腌鸭蛋。高邮咸鸭蛋于是出了名。我在苏南、浙江，每逢有人问起我的籍贯，回答之后，对方就会肃然起敬：“哦！你们那里出咸鸭蛋！”上海的卖腌腊的店铺里也卖咸鸭蛋，必用纸条特别标明：“高邮咸蛋”。高邮还出双黄鸭蛋。别处鸭蛋也偶有双黄的，但不如高邮的多，可以成批输出。双黄鸭蛋味道其实无特别处。还不就是个鸭蛋！只是切开之后，里面圆圆的两个黄，使人惊奇不已。我对异乡人称道高邮鸭蛋，是不大高兴的，好像我们那穷地方就出鸭蛋似的！不过高邮的咸鸭蛋，确实是好，我走的地方不少，所食鸭蛋多矣，但和我家乡的完全不能相比！曾经沧海难为水，他乡咸鸭蛋，我实在瞧不上。袁枚的《随园食单·小菜单》有“腌蛋”一条。袁子才这个人我不喜欢，他的《食单》好些菜的做法是听来的，他自己并不会做菜。但是《腌蛋》这一条我看后却觉得很亲切，而且“与有荣焉”。文不长，录如下：

> 腌蛋以高邮为佳，颜色细而油多，高文端公最喜食之。席间，先夹取以敬客，放盘中。总宜切开带壳，黄白兼用；不可存黄去

白，使味不全，油亦走散。

高邮咸蛋的特点是质细而油多。蛋白柔嫩，不似别处的发干、发粉，入口如嚼石灰。油多尤为别处所不及。鸭蛋的吃法，如袁子才所说，带壳切开，是一种，那是席间待客的办法。平常食用，一般都是敲破“空头”用筷子挖着吃。筷子头一扎下去，吱——红油就冒出来了。高邮咸蛋的黄是通红的。苏北有一道名菜．叫作“朱砂豆腐”，就是用高邮鸭蛋黄炒的豆腐。我在北京吃的咸鸭蛋，蛋黄是浅黄色的，这叫什么咸鸭蛋呢！

端午节，我们那里的孩子兴挂“鸭蛋络子”。头一天，就由姑姑或姐姐用彩色丝线打好了络子。端午一早，鸭蛋煮熟了，由孩子自己去挑一个。鸭蛋有什么可挑的呢？有！一要挑淡青壳的。鸭蛋壳有白的和淡青的两种。二要挑形状好看的。别说鸭蛋都是一样的，细看却不同。有的样子蠢，有的秀气。挑好了装在络子里，挂在大襟的纽扣上。这有什么好看呢？然而它是孩子心爱的饰物。鸭蛋络子挂了多半天，什么时候孩子一高兴，就把络子里的鸭蛋掏出来，吃了。端午的鸭蛋，新腌不久，只有一点淡淡的咸味，白嘴吃也可以。

孩子吃鸭蛋是很小心的。除了敲去空头，不把蛋壳碰破。蛋黄蛋白吃光了，用清水把鸭蛋壳里面洗净，晚上捉了萤火虫来，装在蛋壳里，空头的地方糊一层薄罗。萤火虫在鸭蛋里一闪一闪地亮，好看极了！

小时读囊萤映雪故事，觉得东晋的车胤用练囊盛了几十只萤火虫，照了读书，还不如用鸭蛋壳来装萤火虫。不过用萤火虫照亮来读书，而且一夜读到天亮，这能行么？车胤读的是手写的卷子，字大，若是读现在的新五号字，大概是不行的。

咸菜茨菰汤

一到下雪天，我们家就喝咸菜汤，不知是什么道理。是因为雪天买不到青菜？那也不见得。除非大雪三日，卖菜的出不了门，否则他们总还会上市卖菜的。这大概只是一种习惯。一早起来，看见飘雪花了，我这就知道：今天中午是咸菜汤！

咸菜是青菜腌的。我们那里过去不种白菜，偶有卖的，叫作“黄芽菜”，是外地运去的，很名贵。一盘黄芽菜炒肉丝，是上等菜。平常吃的，都是青菜，青菜似油菜，但高大得多。入秋，腌菜，这时青菜正肥。把青菜成担地买来，洗净，晾去水气，下缸。一层菜，一层盐，码实，即成。随吃随取，可以一直吃到第二年春天。

腌了四五天的新咸菜很好吃，不咸，细、嫩、脆、甜，难可比拟。

咸菜汤是咸菜切碎了煮成的。到了下雪的天气，咸菜已经腌得很咸了，而且已经发酸。咸菜汤的颜色是暗绿的。没有吃惯的人，是不容易引起食欲的。

咸菜汤里有时加了茨菰片，那就是咸菜茨菰汤。或者叫茨菰咸菜汤，都可以。

我小时候对茨菰实在没有好感。这东西有一种苦味。民国二十年，我们家乡闹大水，各种作物减产，只有茨菰却丰收。那一年我吃了很多茨菰，而且是不去茨菰的嘴子的，真难吃。

我十九岁离乡，辗转漂流，三四十年没有吃到茨菰，并不想。

前好几年，春节后数日，我到沈从文老师家去拜年，他留我吃饭，师母张兆和炒了一盘茨菰肉片。沈先生吃了两片茨菰，说："这个好！格比土豆高。"我承认他这话。吃菜讲究"格"的高低，这种语言正是沈老师的语言。他是对什么事物都讲"格"的，包括对于茨菰、土豆。

因为久违，我对茨菰有了感情。前几年，北京的菜市场在春节前后有卖茨菰的。我见到，必要买一点回来加肉炒了。家里人都不怎么爱吃。所有的茨菰，都由我一个人"包圆儿"了。北方人不识茨菰。我买茨菰，总要有人问我："这是什么？"——"茨菰。"——"茨菰是什么？"这可不好回答。

北京的茨菰卖得很贵，价钱和"洞子货"（温室所产）的西红柿、野鸡脖韭菜差不多。我很想喝一碗咸菜茨菰汤。

我想念家乡的雪。

虎头鲨·昂嗤鱼·砗螯·螺蛳·蚬子

苏州人特重塘鳢鱼。上海人也是，一提起塘鳢鱼，眉飞色舞。塘鳢鱼是什么鱼？我向往之久矣。到苏州，曾想尝尝塘鳢鱼，未能如愿。后来我知道：塘鳢鱼就是虎头鲨，嗐！

塘鳢鱼亦称土步鱼。《随园食单》："杭州以土步鱼为上品，而金陵人贱之，目为虎头蛇，可发一笑。”虎头蛇即虎头鲨。这种鱼样子不好看，而且有点凶恶。浑身紫褐色，有细碎黑斑，头大而多骨，鳍如蝶翅。这种鱼在我们那里也是贱鱼，是不能上席的。苏州人做塘鳢鱼有清炒、椒盐多法。我们家乡通常的吃法是氽汤，加醋、胡椒。虎头鲨氽汤，鱼肉极细嫩，松而不散，汤味极鲜，开胃。

昂嗤鱼的样子也很怪，头扁嘴阔，有点像鲇鱼，无鳞，皮色黄，有浅黑色的不规整的大斑，无背鳍。而背上有一根很硬的尖锐的骨刺。用手捏起这根骨刺，它就发出昂嗤昂嗤小小的声音。这声音是怎么发出来的，我一直没弄明白。这种鱼是由这种声音得名的。它的学名是什么，只有去问鱼类学专家了。这种鱼没有很大的，七八寸长的，就算难得的了。这种鱼也很贱，连乡下人也看不起。我的一个亲戚在农村插队，见到昂嗤鱼，买了一些，农民都笑他："买这种鱼干什么！"昂嗤鱼其实是很好吃的。昂嗤鱼通常也是氽汤。虎头鲨是醋汤，昂嗤鱼不加醋，汤白如牛乳，是所谓"奶汤"。昂嗤鱼也极细嫩，鳃边的两块蒜瓣肉有大拇指大，堪称至味。有一年，北京一家鱼店不知从哪里运来一些昂嗤鱼，无人问津。顾客都不识这是啥鱼。有一位卖鱼的老师傅倒知道："这是昂嗤。"我看到，高兴极了，买了十来条。回家一做，满不是那么一回事！昂嗤要吃活的（虎头鲨也是活杀）。长途转运，又在冷库里冰了一些日子，肉质变硬，鲜味全失，一点意思都没有！

砗螯，我的家乡叫馋螯，砗螯是扬州人的叫法，我在大连见到花蛤，我以为就是砗螯，不是。形状很相似，入口全不同。花蛤肉粗而硬，咬不动。砗螯极柔软细嫩。砗螯好像是淡水里产的，但味道却似海鲜。有点像蛎黄，但比蛎黄味道清爽。比青蛤、蚶子味厚。砗螯可清炒，烧豆腐，或与咸肉同煮。砗螯烧乌青菜（江南人叫塌苦菜），风味绝佳。乌青菜如是经霜而现拔的，尤美。我不食砗螯四十五年矣。

砗螯壳稍呈三角形，质坚，白如细瓷，而有各种颜色的弧形花斑，有浅紫的，有暗红的，有赭石、墨蓝的，很好看。家里买了砗螯，挖出砗螯肉，我们就从一堆砗螯壳里去挑选，挑到好的，洗净了留起来玩。砗螯壳的铰合部有两个突出的尖嘴子，把尖嘴子在糙石上磨磨，不一会儿就磨出两个小圆洞，含在嘴里吹，呜呜地响，且有细细颤音，如风吹窗纸。

螺蛳处处有之。我们家乡清明吃螺蛳，谓可以明目。用五香煮熟螺蛳，分给孩子，一人半碗，由他们自己用竹签挑着吃。孩子吃了螺蛳，用小竹弓把螺蛳壳射到屋顶上，喀啦喀啦地响。夏天“检漏”，瓦匠总要扫下好些螺蛳壳。这种小弓不作别的用处，就叫作螺蛳弓，我在小说《戴车匠》里对螺蛳弓有较详细的描写。

蚬子是我所见过的贝类里最小的了，只有一粒瓜子大。蚬子是剥了壳卖的。剥蚬子的人家附近堆了好多蚬子壳，像一个坟头。蚬子炒韭菜，很下饭。这种东西非常便宜，为小户人家的恩物。

有一年修运河堤。按工程规定，有一段堤面应铺碎石，包工的贪污了款子，在堤面铺了一层蚬子壳。前来检收的委员，坐在汽车里，向外一看，白花花的一片，还抽着雪茄烟，连说：“很好！很好！”

我的家乡富水产。鱼中之名贵的是鳊鱼、白鱼（尤重翘嘴白）、花鱼（即鳜鱼），谓之“鳊、白、鳜”。虾有青虾、白虾。蟹极肥。以无特点，故不及。

野鸭·鹌鹑·斑鸠·䴗

过去我们那里野鸭子很多。水乡，野鸭子自然多。秋冬之际，天上有时“过”野鸭子，黑乎乎的一大片，在地上可以听到它们鼓翅的声音，呼呼的，好像刮大风。野鸭子是枪打的（野鸭肉里常常有很细的铁砂子，吃时要小心），但打野鸭子的人自己不进城来卖。卖野鸭子有专门的摊子。有时卖鱼的也卖野鸭子，把一个养活鱼的木盆翻过来，野鸭一对一对地摆在盆底，卖野鸭子是不用秤称的，都是一对一对地卖。野鸭子是有一定分量的。依分量大小，有一定的名称，如“对鸭”“八鸭”。哪一种有多大分量，我现在已经记不清了。卖野鸭子都是带毛的。卖野鸭子的可以代客当场去毛，拔野鸭毛是不能用开水烫的。野鸭子皮薄，一烫，皮就破了。干拔，卖野鸭子的把一只鸭子放入一个麻袋里，一手提鸭，一手拔毛，一会就拔净了。——放在麻袋里拔，是防止鸭毛飞散。代客拔毛，不另收费，卖野鸭子的只要那一点鸭毛。——野鸭毛是值钱的。

野鸭的吃法通常是切块红烧。清炖大概也可以吧，我没有吃过。野鸭子肉的特点是细、“酥”，不像家鸭每每肉老。野鸭烧咸菜是我们那里的家常菜。里面的咸菜尤其是佐粥的妙品。

现在我们那里的野鸭子很少了。前几年我回乡一次，偶有，卖得很贵。原因据说是因为县里对各乡水利做了全面综合治理，过去的水荡子、荒滩少了，野鸭子无处栖息。而且，野鸭子过去是吃收割后遗撒在田里的谷粒的，现在收割得很干净，颗粒归仓，野鸭子没有什么可吃的，不来了。

鹌鹑是网捕的。我们那里吃鹌鹑的人家少，因为这东西只有由乡下的亲戚送来，市面上没有卖的。鹌鹑大都是用五香卤了吃，也有用油炸了的。鹌鹑能斗，但我们那里无斗鹌鹑的风气。

我看见过猎人打斑鸠。我在读初中的时候，午饭后，到学校后面的野地里去玩。野地里有小河，有野蔷薇，有金黄色的茼蒿花，有苍耳（苍耳子有小钩刺，能挂在衣裤上，我们管它叫“万把钩”），有才抽穗的芦荻。在一片树林里，我发现一个猎人。我们那里猎人很少，我从来没有见过猎人，但是我一看见他，就知道：他是一个猎人。这个猎人给我一个非常猛厉的印象。他穿了一身黑，下面却缠了鲜红的绑腿。他很瘦。他的眼睛黑而冷。他握着枪。他在干什么？树林上面飞过一只斑鸠。他在追逐这只斑鸠。斑鸠分明已经发现猎人了。它想逃脱。斑鸠飞到北面，在树上落一落，猎人一步一步往北走。斑鸠连忙往南面飞，猎人扬头看了一眼，斑鸠落定了，猎人又一步一步往南走，非常冷静。这是一场无声的，然而非常紧张的、坚持的较量。斑鸠来回飞，猎人来回走。我很奇怪，为什么斑鸠不往树林外面飞。这样几个来回，斑鸠慌了神了，它飞得不稳了，歪歪倒倒的，失去了原来均匀的节奏。忽然，砰——，枪声一响，斑鸠应声而落。猎人走过去，拾起斑鸠，看了看，装在猎袋里。他的眼睛很黑，很冷。

我在小说《异秉》里提到王二的熏烧摊子上，春天，卖一种叫作

“鵽”的野味，这种东西我在别处没看见过。“鵽”这个字很多人也不认得。多数字典里不收。《辞海》里倒有这个字，标音为（duo 又读 zhua）。zhua 与我乡读音较近，但我们那里是读入声的，这只有用国际音标才标得出来。即使用国际音标标出，在不知道“短促急收藏”的北方人也是读不出来的。《辞海》“鵽”字条下注云：“见鵽鸠”，似以为“鵽”即“鸠”。而在“鵽鸠”条下注云：“鸟名。雉属。即‘沙鸡’。”这就不对了。沙鸡我是见过的，吃过的。内蒙、张家口多出沙鸡。《尔雅·释鸟》郭璞注“出北方沙漠地”，不错。北京冬季偶尔也有卖的。沙鸡嘴短而红，腿也短。我们那里的鵽却是水鸟，嘴长，腿也长。鵽的滋味和沙鸡有天渊之别。沙鸡肉较粗，鵽略带酸味；鵽肉极细，非常香。我一辈子没有吃过比鵽更香的野味。

蒌蒿·枸杞·荠菜·马齿苋

小说《大淖记事》：“春初水暖，沙洲上冒出很多紫红色的芦芽和灰绿色的蒌蒿，很快就是一片翠绿了。”我在书面下方加了一条注：“蒌蒿是生于水边的野草，粗如笔管，有节，生狭长的小叶，初生二寸来高，叫作‘蒌蒿薹子’，加肉炒食极清香……”蒌蒿的蒌字，我小时不知怎么写，后来偶然看了一本什么书，才知道的。这个字音“吕”。我小学有一个同班同学，姓吕，我们就给他起了个外号，叫“蒌蒿薹子”（蒌蒿薹子家开了一爿糖坊，小学毕业后未升学，我们看见他坐在糖坊里当小老板，觉得很滑稽）。但我查了几本字典，“蒌”都音“楼”，我有点恍惚了。“楼”“吕”一声之转。许多从“娄”的字部读“吕”，如“屡”“缕”“褛”……这本来无所谓，读“楼”读“吕”，关系不大。但字典上都说蒌蒿是蒿之一种，即白蒿，我却有点不以为然了。我小说里写的蒌蒿和蒿其实不相干。读苏东坡《惠崇春江晚景》诗：“竹外桃花三两枝，春江水暖鸭先知。蒌蒿满地芦芽短，正是河豚欲上时。”此蒌蒿生于水边，与芦芽为伴，分明是我的家乡人所吃的蒌蒿，非白蒿。或者“即白蒿”的蒌蒿别是一种，未可知矣。深望懂诗、懂植物学，也懂吃的博雅君子有以教我。

我的小说注文中所说的“极清香”，很不具体，嗅觉和味觉是很难比方，无法具体的。昔人以为荔枝味似软枣，实在是风马牛不相及。我所谓“清香”，即食时如坐在河边闻到新涨的春水的气味。这是实话，并非故作玄言。

枸杞到处都有。开花后结长圆形的小浆果，即枸杞子。我们叫它“狗奶子”，形状颇像。本地产的枸杞子没有入药的，大概不如宁夏产的好。枸杞是多年生植物。春天，冒出嫩叶，即枸杞头。枸杞头是容易采到的。偶尔也有近城的乡村的女孩子采了，放在竹篮里叫卖：“枸杞头来！……”枸杞头可下油盐炒食；或用开水焯了，切碎，加香油、酱油、醋，凉拌了吃。那滋味，也只能说“极清香”。春天吃枸杞头，云可以清火，如北方人吃苣荬菜一样。

“三月三，荠菜花赛牡丹。”俗谓是日以荠菜花置灶上，则蚂蚁不上锅台。

北京也偶有荠菜卖。菜市上卖的是园子里种的，茎白叶大，颜色较野生者浅淡，无香气。农贸市场间有南方的老太太挑了野生的来卖，则又过于细瘦，如一团乱发，制熟后强硬扎嘴。总不如南方野生的有味。

江南人惯用荠菜包春卷，包馄饨，甚佳。我们家乡有用来包春卷的，用来包馄饨的没有——我们家乡没有“菜肉馄饨”。一般是凉拌。荠菜焯熟剁碎，界首茶干切细丁，入虾米，同拌。这道菜是可以上酒席作凉菜的。酒席上的凉拌荠菜都用手抟成一座尖塔，临吃推倒。

马齿苋现在很少有人吃。古代这是相当重要的菜蔬。苋分人苋、马苋。人苋即今苋菜，马苋即马齿苋。我的祖母每于夏天摘肥嫩的马齿苋晾干，过年时作馅包包子。她是吃长斋的，这种包子只有她一个人吃。我有时从她的盘子里拿一个，蘸了香油吃，挺香。马齿苋有点淡淡的酸味。

马齿苋开花，花瓣如一小囊。我们有时捉了一个哑巴知了——知了是应该会叫的，捉住一个哑巴，多么扫兴！于是就摘了两个马齿苋的花瓣套住它的眼睛——马齿苋花瓣套知了眼睛正合适，一撒手，这知了就拼命往高处飞，一直飞到看不见！

三年自然灾害，我在张家口沙岭子吃过不少马齿苋。那时候，这是宝物！

故乡的吃食

迟子建

北方人好吃，但吃得不像南方人那么讲究和精致，菜品味重色暗，所以真正能上得了席面的很少。不过寻常百姓家也是不需要什么席面的，所以那些家常菜一直是我们的最爱。

如果不年不节的，平素大家吃得都很简单。由于故乡地处苦寒之地，冬季漫长，寸草不生，所以吃不到新鲜的绿色蔬菜。我们食用的，都是晚秋时储藏在地窖里的菜：土豆、萝卜、白菜、胡萝卜、大头菜、倭瓜，当然还有腌制的酸菜和夏季时晒的干菜，比如豆角干、西葫芦干、茄子干，等等。人们喜欢吃炖菜，冬天的菜尤其适合炖。将一大盆连汤带菜的热气腾腾的炖菜捧上桌，寒冷都被赶走了三分。人们喜欢把主食泡在炖菜中，比如玉米饼和高粱米饭，一经炖菜的浸润，有如酒经过了岁月的洗礼，滋味格外的醇厚。而到了夏季，炖菜就被蘸酱菜和炒菜代替了。园田中有各色碧绿的新鲜蔬菜，菠菜呀、黄瓜呀、青葱呀、生菜呀，等等，都适宜生着蘸酱吃；而芹菜、辣椒等等则可爆炒，这个季节的主食就不像冬天似的以干的为主了，这时候人们喜欢喝粥，芸豆大子粥、高粱米粥，以及小米绿豆粥，是此时餐桌的主宰。

家常便饭到了节日时，就像毛手毛脚的短工，被打发了，节日自有节日的吃食。先从春天说起吧。立春的那一天，家家都得烙春饼。春饼不能油大，要擀得薄如纸片，用慢火在锅里轻轻翻转，烙到白色的面饼上飞出一片片晚霞般的金黄的印记，饼就熟了。烙过春饼，再炒上一盘切得细若游丝的土豆丝，用春饼卷了吃，真的觉得春天温暖地回来了。除了吃春饼，这一天还要“啃春”，好像残冬是顽石一块，不动用牙齿啃噬它，春天的气息就飘不出来似的。我们啃春的对象就是萝卜，萝卜到了立春时，柴的比脆生的多，所以选啃春的萝卜就跟皇帝选妃子一样周折，既要看它的模样，又要看它是否丰腴，汁液是否饱满。很奇怪，啃过春后，嘴里就会荡漾着一股清香的气味，恰似春天草木复苏的气息。立春一过，离清明就不远了。人们这一天会挎着篮子去山上给已故的亲人上坟。篮子里装着染成红色的熟鸡蛋，它们被上过供后，依然会被带回到生者的餐桌上，由大家分食，据说吃了这样的鸡蛋很吉利。而谁家要是生了孩子，主人也会煮了鸡蛋，把皮染红，送与亲戚和邻里分享。所以我觉得红皮鸡蛋走在两个极端上：出生和死亡。它们像一双无形的大手，一手把新生婴儿托到尘世上，一手又把一个衰朽的生命送回尘土里。所以清明节的鸡蛋，吃起来总觉得有股土腥味。

清明过后，天气越来越暖了，野花开了，草也长高了，这时端午节来了。家家户户提前把风干的粽叶泡好，将糯米也泡好，包粽子的工作就开始了。粽子一般都包成菱形，若是用五彩线捆粽叶的话，粽子看上去就像花荷包了。粽子里通常要夹馅的，爱吃甜的就夹上红枣和豆沙，爱吃咸的就夹上一块腌肉。粽子蒸熟后，要放到凉水中浸着，这样放个两天三天都不会坏。父亲那时爱跟我们讲端午节的来历，讲屈原，讲他投水的那条汨罗江，讲人们包了粽子投到水里是为了喂鱼，鱼吃了粽子，就不会吃屈原了。我那时一根筋，心想你们凭什么认为鱼吃了粽子后就不会去吃人肉？我们一顿不是至少也得吃两道菜吗！吃粽子跟吃点心是一样的，完全可以拿着它们到门外去吃。门楣上插着拴着红葫芦的柳枝和艾蒿，一红一绿的，看上去分外明丽，站在那儿吃粽子真的是无限风光。我那时对屈原的诗一无所知，但我想他一定是个了不起的诗人，因为世上的诗人很多，只有他才会给我们带来节日。

端午节之后的大节日，当属中秋节了。中秋节是一定要吃月饼的。那时商店卖的月饼只有一种，馅是用青红丝、花生仁、核桃仁以及白糖调和而成的，类似于现在的五仁月饼，非常甜腻。我小的时候虫牙多，所以记得有两次八月十五吃月饼时，吃得牙痛，大家赏月时，我却疼得呜呜直哭。爸爸会抱起我，让我从月亮里看那个偷吃了长生不老药而飞入月宫的嫦娥，可我那双蒙眬的泪眼看到的只是一团白花花的东西。月光和我的泪花融合在一起了。在这一天，小孩子们爱唱一首歌谣：蛤蟆蛤蟆气臌，气到八月十五，杀猪，宰羊，气得蛤蟆直哭。

蛤蟆的哭声我没听到，倒是听见了自己牙痛的哭声。所以我觉得自己就是歌谣中那只可怜的蛤蟆，因牙痛而不敢碰中秋餐桌上丰盛的菜肴。

中秋一过，天就凉了，树叶黄了，秋风把黄叶吹得满天飞。雪来了。雪一来，腊月和春节也就跟着来了。都说腊七腊八冻掉下巴，所以到了腊八的时候，人们要煮腊八粥喝。腊八粥的内容非常丰富，粥中不仅有多种多样的米，如玉米、高粱米、小米、黑米、大米，还有一些豆类，如芸豆、绿豆、黑豆等，这些米和豆经过几个小时慢火的熬制，香软滑腻，喝上这样一碗香喷喷的粥，真的是不惧怕寒风和冰雪了。

一年中最大最隆重的节日莫过于春节了。我们那里一进腊月，女人们就开始忙年了。她们会每天发上一块大面团，花样翻新地蒸年干粮，什么馒头、豆包、糖三角、花卷、枣山，蒸好了就放到外面冻上，然后收到空面袋里，堆置在仓房，正月时随吃随取。除了蒸年干粮，腊月还要宰猪。宰猪就是男人们的事情了。谁家宰猪，那天就是谁家的节日。餐桌上少不了要有蒜泥血肠、大骨棒炖干豆角、酸菜白肉等令人胃口大开的菜。

人们一年的忙活，最终都聚集在除夕的那顿年夜饭里。除了必须要包饺子之外，家家都要做上一桌的荤菜，少则六个，多则十二、十八个，看到盘子挨着盘子，碗挨着碗，灯影下大人们脸上的表情就是平和的了。他们很知足地看着我们，就像一只羊喂饱了它的羊羔，满面温存。我们争着吃饺子，有时会被大人们悄悄包到饺子里的硬币给硌了牙，当我们“当啷”一声将硬币吐到桌子上时，我们就长了一岁。

上海的吃及其他

王安忆

香港的元朗，有一种饭菜，是将手指长的鲜虾，拌上葱姜佐料，铺在饭上，一同上笼蒸。这使人想到劳作的人们，从田里回家，正好饭熟虾香，连笼端上桌，刨开面上的通红的虾，挖底下的米饭盛了满碗，大口大口就着虾吃将起来。还有一种汤菜，先是一盆稠厚得起胶的汤，然后是一盘堆尖了的汤渣：鸡肉鸡骨、鸭肉鸭骨、猪肉猪骨、鱼肉鱼骨、药材、根蕨类菜蔬，一律酥烂，入口即化。也是劳作的下饭。早起便一股脑儿下了锅，添满水，柴灶里填了禾草猛烧，烧到锅沸鼎开，再将火偃灭，煨焖着，等正午田里归来，汤和菜都有了。

台北的淡水，一入街便见“铁蛋”的招牌，大大小小。所谓“铁蛋”，原来就是鸡蛋，不知用何秘方酱制，风干，最后收缩成鹌鹑蛋大小，尤其是蛋白一层，铁硬。显然是天气潮热的地方保存食物的方法，也能看出勤俭刻苦的人们操持家务的情景。

这些吃食真和上海的有点像呢！上海本帮菜，从来不入系，亦不上桌面。那多是浓油赤酱的下饭，供出了大汗的劳力们补充体力。凡见有精致的吃法，考究起来，大约无一不是来自苏、锡、川、扬等外帮。上海城隍庙的“老饭店”，专是经营本帮菜，其中有一味，红烧大肠，肥腻极了，是上海菜的嗜味。上海人的嗜味厚，也应有着储藏的考虑。处于江南的梅雨带，食物的变质是经常的事情，食物的丰和匮又不均，所以要有存物的本领。从口味来看，上海人亦是性情粗放，以劳动为本。

这还体现在上海的语言方面，上海话是相当粗鲁的语言。它没有敬语，如北方话里的“您”，它没有，老少尊卑统称你为“侬”。“劳驾”这类词也没有，至多说“帮帮忙”，又变得流气了。人去世，不论是仇家的，亲家的，一律为“死掉了”，听起来像骂人。一些礼节性的说法，其实也多是从书面语上搬过，而非本来就有。如我这样，少年时到中原地区插队落户，十分惊讶的是，那些生活俭朴的农人竟拥有如此文雅的言辞。他们称人父母，必缀上“大人”二字。有人敬烟，回说不吸，然后是“别累手了”。“死”字是绝不可出口的，天寿之年要说“老”了，夭折则是“坏”了，移尸要说：请走了。骂人话里都含着礼数，比如骂人心急慌忙，骂的是：赶什么？谢吊啊！

我私下以为，看哪种语言好，就看这语言里出的戏种好不好。比如，四川的川剧，就是个大剧种，从它丰富生动的表现，可看出四川话的泼和俏。广东的粤剧，则有古韵，幽深得很，粤语里就有着这样既朴又华的宋遗风。徽班晋京，宫廷化和北地化了，与北京语对相教化得堂皇，正直，大道朝天，老舍先生赞它是“清脆的”，大约是说它音节的纯净和有格律。而戏曲的韵白又多是中州调，是大唐之音，照映着洛阳的牡丹。从河南豫剧看，豫音实是铿锵响亮，而且内涵婉转，只是近代这地方荒芜了，言语便染了粗蛮相。没听过秦腔，但看过一出电视连续剧，表演西安地方一个大案，剧中人物均操西安语，就为了听这个，一集一集看下去。就觉得这话好听，是北音，可却柔极了，字和字之间，有舒缓的拖腔，用字又那么斯文。听这语音，此地便可建都，而且是大朝廷的都，有帝王气象。

上海地方戏，叫沪剧，说唱小调渐变成的市民戏种。唱一段，说一段，并无严格的陈式，唱腔亦极单调，是戏曲里的文明戏。最适合西装旗袍剧，客堂、厢房、亭子间里的男女情怨，流短蜚长。不是说小戏种就不好，小戏种的好是好在朴，就是民间性。像黄梅戏，有一股村情，《女驸马》，乡里人说朝廷故事，流露的是人情之常。沪剧且又俗了。不过，上海还有一个戏种，我倒更情愿它作代表，就是滑稽戏。它是裸露的粗鄙，反是天真了。那热蓬蓬的现世的欲望和性情，很见精神。我插队的地方叫五河，有五条河交汇流过，水产颇丰。可是，在上海人来到之前，品种却很简单。比如螃蟹，无人问津。上海人一到，螃蟹一下子变成宝，自五分一斤涨到五角一斤。上海人的吃劲，如上海话说，“急吼吼”的。那第一个吃螃蟹的，一定是上海人，多少有一点穷极潦倒的狼狈相。不像鲁菜那系的，讲的是一百年、二百年的老汤，多么深的火候渊源！

这就又说到吃上面了，去过山西，那方食谱显现的是富足优渥的衣食饱暖。不说菜，单是面食，就有无数种类与款式，品格特别正。不是讲究味鲜，“鲜”是幽微的气息，而是“香”，质朴而健康的脾胃。定是晋商的享受格调，与其时的资源有关，丰厚。看那应县的木塔，全是宽、厚、长的板子搭成，疏枝阔叶，却结实得多少代不朽，不摇，不动。于是，商人们便手笔大，吃起来也是宽街大路，正味。扬州的盐商口味就要促狭多了，也是地理关系，山水曲折，风情也多是微妙，又多是暴富，就轻佻些。听故事说，有一盐商，每日早餐是二枚鸡蛋，可这鸡蛋不是一般的鸡蛋，是喂食人参的母鸡所下，值一两银子一个。还有那干丝，一块豆腐，横刀竖刀，划成千丝万缕，可不是折腾死人？

上海的吃食，究其底是鱼肉菜蔬，大路货，油盐酱醋，大路佐料，紧火慢火地烧就，是粗作人的口味。也是因其没根基，就比较善于融会贯通，到了近代，开放的势所必然，各路菜肴到此盛大集合，是国际嘉年会的前台。要到后台，走入各家朝于后弄的灶披间，准保是雪里蕻炒肉丝、葱烤鲫鱼、水笋烧肉，浓油赤酱的风格，是上海这城市的草根香。

南京的吃

叶兆言

一

在我的周围，聚集着一大帮定居南京，却并非在这里长大的准南京人。他们都是因为自己的出息和能耐，从全国各地尤其是江苏各地到南京来定居，成为南京的荣誉公民。和他们一起谈到吃，谈到南京的吃，无不义愤填膺，无不嗤之以鼻。南京的吃，在这些南京的外地人眼里，十分糟糕。

作为土生土长的南京人，我感到害臊。我不是一个善辩的人，而且实事求是地说，南京现在的吃，实在不怎么样。事实总是胜于雄辩，我也没必要打肿脸充胖子，硬跳出来，为南京的吃辩护。承认也好，不承认也好，反正南京的吃，从来也没有像现在这么差劲、这么昂贵、这么不值得一提过。记忆中南京的吃，完全不应该是现在这样。

今年暮春，有机会去苏北的高邮，自然要品味当地的美食佳肴。八年前，高邮的吃，仿佛汪曾祺先生的小说，曾给我留下了深刻的印象。在此之前，给我留下深刻印象的，是扬州的吃。当时的印象，扬州人比南京人会吃，高邮人又比扬州人会吃。就是到了今日，我这种观点仍然不变。然而感到遗憾的，是今天的高邮和往日相比，也就这么短短的几年，水准已经下降了许多，而扬州更糟糕。

高邮只是扬州属下的一个小县城，扬州似乎又归南京管辖，于是一个极简单的结论就得出来，这就是越往下走，离大城市越远，越讲究吃。换句话说，越往小地方去，好吃的东西就越多，品尝美味的可能性就越大。这种简单化的结论，肯定会得到城市沙文主义者的抨击，首先南京人自己就不会认同，比南京大的城市也不愿意答应。北京人是不会服气的，尽管北京的吃的确比南京还糟糕，在南京请北京的朋友上馆子，他们很少会对南京的菜肴进行挑剔，但是指着北京人的鼻子硬说他不懂得吃，他非跟你急不可。至于上海人和广州人，他们本来就比今天的南京人会吃，跟他们说这个道理，那是找不自在。

还是换一个角度来谈吃。城市越大，越容易丧失掉优秀的吃的传统。吃首先应该是一个传统，没有这个传统无从谈吃，没有这个传统也不可能会有品位。吃不仅仅是为了尝鲜，吃还可以怀旧。广州人和上海人没必要跟南京人赌气，比谁更讲究吃、更懂得吃的真谛。他们应该跟过去的老广州和老上海相比较。虽然现在的馆子越来越多，档次越来越豪华，可是我们不得不老老实实地承认，我们吃的水平已经越来越糟糕。我们正面临着一个吃的水平普遍退化的问题。

历史上南京的吃，绝不比扬州逊色，同样扬州也绝不会比高邮差。

这些年出现的这种水平颠倒，最重要的原因，是大城市们以太快的速度，火烧火燎地丧失了在吃方面的优秀传统。城门失火，殃及池鱼，用不了太久，在小城市里怕是也很难吃到什么好东西了。

二

说南京人不讲究吃，真是冤枉南京人。当年夫子庙的一家茶楼上，迎面壁上有一副对联：

> 近夫子之居，食不厌精，脍不厌细；
> 傍秦淮左岸，与花长好，与月同圆。

这副对联非常传神地写出了南京人的闲适，也形象地找到了南京人没出息的根源。传统的南京人，永远是一群会享受的人。这种享乐之风造就了六朝金粉，促进了秦淮河文化的繁荣，自然也附带了一次次的亡国。唐朝杜牧只是在“夜泊秦淮近酒家”之后，才会有感歌女“隔江犹唱后庭花”。《儒林外史》中记载，秦淮两岸酒家昼夜经营，“每天五鼓开张营业，直至夜晚三更方才停止”。由此可见，只要是没什么战乱，南京人口袋里只要有些钱，一个个都是能吃会喝的好手。在那些歌舞升平的日子里，南京酒肆林立，食店栉比，实在是馋嘴人的天下。难怪清朝的袁枚写诗之余，会在这里一本正经地撰写“随园食单”。

南京人在历史上真是太讲究吃了。会吃在六朝古都这块地盘上，从来就是一件雅事和乐事。饕餮之徒，谈起吃的掌故，如数家珍。这种对吃持一种玩赏态度的传统，直到解放后，仍然被顽强地保持着。南京大学中文系的名教授胡小石先生，就是著名的美食家，多少年来，南京大三元、六华春的招牌都是他老人家的手笔。胡先生是近代闻名遐迩的大学者、大书法家，可是因为他老人家嘴馋，那些开饭馆酒家的老板，只要把菜做好做绝，想得到胡先生的字并不难。

过去的名人往往以会吃为自豪。譬如“胡先生豆腐”，据说就是因为胡小石先生爱吃，而成为店家招揽顾客的拿手菜。南京吃的传统，好就好在兼收并蓄，爱创新而不守旧，爱尝鲜又爱怀古，对各地的名菜佳肴，都能品味，都能得其意而忘其形。因此南京才是真正应该出博大精深的美食家的地方。南京人不像四川湖南等地那样固执，没有辣就没有胃口，也不像苏南人那样，有了辣就没办法下筷。南京人深得中庸之道，在品滋味时，没有地方主义的思想在作怪。南京人总是非常虚心、非常认真地琢磨每一道名菜的真实含义。要吃就吃出个名堂来，要吃就吃出品位。南京人难免附庸风雅的嫌疑，太爱尝鲜，太爱吃没吃过的，太爱吃名气大的，一句话，南京人嘴馋，馋得十分纯粹。

南京曾是食客的天下，那些老饕们总是找各种名目，狠狠地大撮一顿。湘人谭延闿在南京当行政院长时，曾以一百二十元一席的粤菜，往六首山致祭清道人李瑞清。醉翁之意不在酒，谭延闿设豪筵祭清道人，与祭者当然都是诗人名士加上馋嘴，此项活动的高潮不是祭，而是祭过之后的活人大饱口福。当时一石米也不过才八块钱。一百二十元一桌的酒席如何了得！都是一些能吃会吃的食客，其场面何等壮观。清道人李瑞清是胡小石的恩师，清末民初，学术界、教育界无不知清道人之名，其书法作品更是声震海内外。有趣的是，清道人不仅是饱学之士，而且是著名的馋嘴，非常会吃能吃，且能亲手下厨，因此他调教出来的徒子徒孙，一个个也都是饱学而兼馋嘴之士，譬如胡小石先生。我生也晚，虽然在胡先生执教的中文系读了七年书，无缘见到胡先生，但是却有缘和胡的弟子吴伯教授一起上过馆子，吴不仅在戏曲研究方面很有成就，也是我有幸见过的最会吃的老先生。

历史上的南京，可以找到许多像祭清道人这样的“雅皮士”之举。在南京，会吃不是丢人的事情，相反，不会吃，反而显得没情调。据说蒋委员长就不怎么会吃，我曾听一位侍候过他的老人说过，蒋因为牙不好，只爱吃软烂的食物，他喜欢吃的菜中，只有宁波“大汤黄鱼”有些品位。与蒋相比，汪精卫便有情趣得多。譬如马祥兴的名菜“美人肝”就曾深得汪的喜爱，汪在南京当大汉奸的时候，常深更半夜以荣宝斋小笺，自书“汪公馆点菜，军警一律放行”字样，派汽车去买“美人肝”回来大快朵颐。

其实“美人肝”本身并不是什么了不得的东西，只是鸭子的胰脏，南京的土语叫“胰子白”。在传统的清真菜中，这玩意一直派不上什么用场，可是马祥兴的名厨化腐朽为神奇，使这道菜大放异彩，一跃为名菜之冠。当然，“美人肝”的制作绝非易事，不说一鸭一胰，做一小盘得四五十只鸭子，就说那火候，就讲究得不能再讲究，火候不足软而不酥，火候太过皮而不嫩，能把这道菜伺候好的，非名厨不可。

三

如果仅仅以为南京的吃，在历史上，只是为那些名人大腕服务，就大错特错。名人常常只能是带一个头，煽风点火推波助澜，人民群众才是真正推动历史的动力。南京的吃，所以值得写一写，不是因为有几位名人会吃，而是因为南京这地方有广泛的会吃的群众基础。民以食为天，饮食文化，只有在普及的基础上，才可能提高，只有得到人民群众的积极参与，才会发展。南京的吃，在历史上所以能辉煌，究其根本，是因为有人能认真地做，有人能认真地吃。天底下怕就怕认真二字。

一般人概念中，吃总是在闹市，其实这是一个大大的误会。今日闹市的吃，和过去相比，错就错在吃已经沦为一种附带的东西。吃已经不仅仅是吃了。吃不是人们来到闹市的首要目的。吃变得越来越不纯粹，这是人们的美食水准大大下降的重要原因。繁忙的闹市中，当人们为购物已经精疲力竭的时候，最理想的食物，是简单省事的快餐，因此快餐文化很快风行起来。

吃不纯粹还表现在太多的请客，无论是公款请客，还是个人掏腰包放血，吃本身都退居到第二位。出于各种目的的请客，已经使得上馆子失去了审美的趣味。吃成了交际的手段，成为一种别有用心的投资和回报，吃因此也变得庸俗不堪。吃不纯粹造成了一系列的恶性循环，消费者不是为了吃而破费，经营者也就没必要在吃上面痛下功夫，于是不得不光想着如何赚钱。

马祥兴是在一九五八年以后，才从偏僻的中华门外，迁往今日的闹市鼓楼。它的黄金时代，大有一去不复返之势。人们感到疑惑不解的，是它并不因为迁居闹市后，就再造昔日的辉煌。马祥兴现在已经很难成为话题，天天有那么多的人，从它身边走过，但是人们甚至都懒得看它一眼。世态炎凉，此一时，彼一时，往事真不堪回首。

想当年的马祥兴，酒香不怕巷子深，也没有什么了不得的装潢，也不成天在报纸上做广告，生意却始终那么火爆。到这里来享受的，不仅仅有那些达官贵人，身着短衫的贩夫走卒也坐在这里，和显赫们一样一杯接一杯地喝酒。人们大老远地到这里来，目的非常纯粹，是想吃和爱吃，就冲着马祥兴的牌子，就为了来这里吃蛋烧卖，就为了来这里吃凤尾虾、吃烩鸭舌掌。“美人肝”贵了些，不吃也罢。

南京吃的价格，从来没有像今天这么昂贵，这么不合理。南京今天的餐饮费绝对高于广州和上海，而南京人的收入，却远不能和这两个地方的人相比。想当年，大三元的红烧鲍翅，只卖二点五元，陈皮鸭掌更便宜，只要八角。抗战前夕的新街口附近的瘦西湖食堂，四冷盘四热炒五大件的一桌宴席，才五元钱。人们去奇芳阁喝茶、聊天，肚子饿了，花五分钱就可以吃一份干丝，花七分钱，可以吃大碗面条。卖酱牛肉的，带着小刀砧板，切了极薄的片，用新摘下来的荷叶托着递给你，那价格便宜得简直不值一提。

就是在七十年代末八十年代初，在四川酒家聚一聚，有个十块钱已经很过瘾。那时候的人，在吃之外，不像今天这样有许多别的消费，人们口袋里不多的钱，大啖一顿往往绰绰有余。吃于是变得严肃认真，既简单也很有品位，人们为了吃而吃，越吃越精。

今日之人，很难再为吃下过多的功夫。和过去比较，大家生活富裕了，吃似乎不再成为问题。不成问题，却又成了新的问题。今日的吃动辄吃装潢，吃档次，吃人情，吃公款，吃奖金，吃奇吃怪，唯一遗憾的就是吃不到滋味。但是人们上馆子终极的目的，还是应该为了吃滋味，否则南京的吃永远辉煌不了。事实上，南京今日的吃，已得到了狠狠的惩罚。我住在热闹的湖南路附近，晚上散步时，屡屡看见一排一排的馆子灯火辉煌，迎宾小姐脸色尴尬地站在门口，客人却见不到一位。如果开馆子的人，仅仅是想算计别人口袋里的钱，人们便可以毫不犹豫地拒绝。真以为南京人不懂得吃，实在太蠢了。

忘不了小时候的事，二十多年前，我住的那条巷口有卖小馄饨的，小小的一个门面，一大锅骨头汤，长年累月地在那煮着，那馄饨的滋味自然透鲜。当年南京这样普通却非常可口的小吃，真不知有多少，今天说起来都忍不住流口水。

猪油菜饭

蔡　翔

认识的人中，饕餮之徒不少。饕餮之徒老了，就成了美食家，美食家的意思就是，吃饭省钱了。有个朋友，年轻的时候爱吃鲍鱼，老了喜欢蛋炒饭，不仅喜欢吃，还喜欢说。所以，美食家的另一层意思就是，小了。

我也有过小时候。

春天，新笋上市，上海人家，做得最多的，就是腌笃鲜。原料简单，做法也简单：清水、竹笋、鲜肉、咸肉、百叶结，讲究点的，再放几片火腿，慢慢炖。这样的做法，没有什么技术含量，但是好吃。

吃腌笃鲜，要配饭，饭是菜饭。菜饭菜饭，就是菜和米一起煮。菜是青菜，但是到了春天，莴笋多了，上海人买莴笋，叶子多是不要的，这个时候，我母亲就会到菜市场拣些莴笋叶子，莴笋叶子煮饭，另有一种香味。菜饭好吃，关键是要放猪油，拌了猪油的菜饭，晶莹透亮。

一九七〇年代，我从农村回城，刚开始，分在里弄生产组。那时候，上海的工厂也有等级：一种叫全民所有制，真正的国营企业，每个月四十一块，家属有半劳保；再一种，叫大集体，家属没有半劳保，三十六块，那时叫“赤膊工资”，找对象有点麻烦，我做过四年；还有一种，就是里弄生产组，小集体，一个月只有十八块钱，我也待过。

我在里弄生产组的时候，最喜欢的，是到市区拖石子，石子拖回来，拌成混凝土。一来一回，大半天，关键是夹了个午饭时间，吃午饭，就有午饭津贴，三毛五。所以领导说要拖石子了，大家就很高兴，一人一辆黄鱼车，十几部黄鱼车，浩浩荡荡。装好石子，千把斤重，就往回踩，往回踩的路上，直奔五芳斋，五芳斋的猪油菜饭，很有名。四两菜饭，两毛，一碗黄豆骨头汤，一毛五。吃饱了，吆喝一声，兄弟们齐齐赶路，小风吹过，觉得日子再惬意不过。

不过，吃猪油菜饭的日子不多。

上小学，家里父母上班的，中饭就得自己弄。胸前拴根绳子，绳子上挂把钥匙，打开门，做饭。饭是剩饭，菜也是剩菜，有时候剩菜也没有，就冲碗酱油汤。也有时候，做大人的，早上买两个烧饼，一根油条，仔仔细细交代，烧饼当早点，油条留着中饭当菜。一般情况下，大人刚走，后脚烧饼油条就都没有了，中饭，还是酱油汤。这种好日子，也是不多的。有时候，自己炒饭，油是不敢放的，大人有数，多放酱油，酱油炒饭，也好吃。

有些小孩嘴馋，大人不在家，就偷偷地用油炒饭，吃得满嘴是油，那时候没有餐巾纸，男生根本懒得用手帕，吃完，用手一抹，再使劲在头上弄几下，头发油光光的。所以，看见有男生梳着小分头，油光锃亮，就问：吃油炒饭了？小孩在一起交流，交流的结果通常是：猪油炒饭最好吃。再所以，看见有男生梳着小分头，不仅油光锃亮，而且硬硬的，就说：吃猪油炒饭了。

那时候，买粮要粮票，买肉要肉票，买油，自然也是要油票的。菜油不够吃，就会想到猪油，一般是到了冬天，赶大早，买些板油，自己熬，熬出的猪油，真香。下面，或者烧菜饭，小小心心地放一勺猪油。

所以，说起猪油，我就会想到猪肉。

刚下乡，我们多少还带着城里人的习惯，吃肉要吃瘦的，赶集，乡人争着买肥肉，我们就要瘦的，瘦的还省钱。想着乡人愚蠢，就觉得自己拣了便宜。慢慢，竟然觉得瘦的不好吃了，再赶集，也抢着要肥肉。老乡就烦了，说，学生也爱吃肥肉了。

也不仅仅是我们变了，后来发现，女生也爱吃肥的了。那时候，到了春天，公社就要办知青学习班，队里算工分，还给粮油，吃饭，就在公社食堂，公社食堂，就是干部吃饭的食堂。食堂供应细粮，还有肉。这日子，就是过年了。开饭，每人一碗大米饭，一盆白菜肉片，肉是大肥肉，白花花的。我后来写过文章，回忆当年，现在看看，很没出息。没出息的意思就是，那时候，我们端着饭菜，喜欢挨着女生，想，上海姑娘，娇气的，吃饭，挑肥拣瘦，一不高兴，就把肥肉赏了我们。没有想到的，上海姑娘已经改造好了，端着蓝花大碗，一只脚，还翘着，呼啦呼啦，风卷残云。

知青下乡，也是有阶级的。有家境好的，也有条件差的。出身，有工人，也有资本家，有知识分子，也有革命干部。干部子女，傲气是自然的，知识分子，也不差，至于资本家，政治地位是没有了，但钱多少还是有点，教养也是有的，小姑娘走在路上，眼睛是不乱看的，个个都像公主。但是到了农村，就都一样了，什么活都能干，什么苦，也能吃，过年回家，黑里透红，那时叫铁姑娘，现在叫女汉子。下乡经年，觉悟到的，是人本就没有什么高低贵贱，到了困境，露出的，都是本来面目。我下乡的地方，离大泽乡不远，陈胜吴广，就在那里揭竿而起，王侯将相，宁有种乎，再是正确不过，后来烦的，是什么素质教育，对那些一口一个贵族的知识分子，敬而远之，想，再往上数，也都是些农村人，装什么装呢？

这就扯得有点远了，还是说猪油。

当年的知青，家里隔三差五，还是有点接济。慢慢的，人也长大了，就觉得羞愧，爷娘赚几个铜钿也不容易，就想着，怎么也孝敬孝敬爷娘。那时到了冬天，是要回城的。平时省点，省几个铜板，买点当地的物产回去，也算一点心意。所以，到了冬天，我们就会想，买点什么带回去。

下乡前，亲戚朋友听说我们到淮北，就说，那地方很多花生的。那年头，到了春节，比的，是各家小孩带回来的东西，去东北的，带的都是葵花子，傻大黑粗，上海人没见过，我们，就想着带花生。

真的到了乡下，发现花生很少，一九七〇年代，以粮为纲，天大地大，肚子最大，这就有点犯愁。托老乡打听，好不容易打听到了，说某庄某家有，事先约好，过去装上花生，给了钱，兴冲冲地往回走。走了半天，迷路了，眼前一条大河，退无可退，寒冬腊月，也只能牙齿咬咬，脱得精光，花生顶在头上，踩着水，过去了。

老母鸡也是要带的，淮北的母鸡，个子小小，但都说好吃。所以，一到过年，淮北到上海的火车上，除了知青，就是母鸡。大年三十，母亲炖上一锅鸡汤，慢慢地，那香味就飘进了每户人家的房间，左邻右舍都说赞，母亲就很有面子。

再有，就是猪油了。回家前的一天，起个大早，集上买了板油，晚上下工，大家伙儿挤在灶房里，门外北风呼呼，屋里灶火熊熊，大铁锅里，熬着猪油，熬好的猪油，盛在罐里，一人一个。剩下的，就是猪油渣了。这时的猪油渣，最好吃，用盐拌了，拿出事先准备好的白酒，就着猪油渣，慢慢地喝，灶里还有余烬，一明一暗，身上暖暖的，心里想着爷娘，也是暖暖的。

这时，就有人说，明年我们自己养猪。

第二年，开了春，老乡送来了猪崽，小猪慢慢地长大。淮北的猪，个子不算大，一年下来，也就一百二三十斤。但是肉香，俗称黑毛猪。

那时，北方养猪，不圈养，早上，呼啦啦地轰出去，晚上，呼噜噜地吆喝回来。所以，庄稼长出来，最头疼的，就是猪拱。这就需要有人看青，看青，一般都是知青，老乡说，知青公止。看青的时候，找个木棍，棍的一头，钉几个钉子，就是狼牙棒了，看见猪拱进地里，抓住，狼牙棒一打，猪哇哇乱叫，猪一叫，主人就闻声赶来，递盒烟，恨恨地赶猪回家。

头一回养猪，喂得尽心，猪有百把斤的时候，瞧着无精打采，就紧张，问，瘟了？答，瘟了。就张罗着找屠户，屠户来了，白刀子进红刀子出，猪下水，送了屠户，剩下的猪肉，炖了吃，天热，吃不完，就熬了油。有了猪油，就做油馍。油馍的做法是，和面、发面、揉面，把面擀成面皮，抹上猪油、盐和葱花，再一层一层叠好，用刀切成一段一段。烧锅，锅热了，油馍贴在锅沿。有点像上海的花卷，但比花卷好吃。所以，一头猪，也就吃了一个星期。

再过一年，又养猪，就有了经验，到了年底，早早地喂了一大盆红薯，牵到收购站，居然也有一百三十多斤。

那时就想，乡人都在养猪，怎么城里还要肉票？

现在想想，技术是要紧的，再好的想法，没有技术，也是白搭。那时候养鸡养猪，办法是土的，土办法养的，好吃，但是少。东西少，本来也有办法，办法就是市场。价格放开，有人吃得起，也就有人吃不起。吃得起的人高兴，吃不起的人，就会有点难过。农村集市，不用肉票，但又有几个人能隔三差五地吃肉？

三年困难时期，市场放开，就有了高价糖高价肉，饭店里，人也是多的，里面都是高价菜。礼拜天，我父亲最爱在饭店外晃悠，站在窗外，看着窗里，看里面的美味佳肴，回来，就学给母亲听，母亲就不高兴，嫌他没出息，我们也是。少年人，不论贫富，心里，都是骄傲的。现在想想，父亲就那么点工资，养活一家老小，饭店，自然是舍不得进的，看看，解解馋，也不算怎么丢人。再想起这些事情，心里，倒是有点酸了。

当年，东西不多，大家均着点，这就需要票证。不过，这样一来，有钱的人，不够吃，没什么钱的人，吃得起，但也不会多。

很多年以后，我到苏北某地，当地朋友，说起县里畜牧场，新近培育出一款新品种，那猪，个子小小的，黑毛，不圈养，满地乱跑，就张罗着给我搞几斤，想着的，却是淮北当年的猪，觉得没什么两样，就问价格，说一斤一百多，不好弄。

现在技术好了，但是养的猪不好吃了，土办法养的，好吃，但是贵，贵也有人吃。有钱的吃绿色，没钱的什么色都吃，但好歹也有的吃，好吃不好吃，倒是次要了。

今年的冬天特别冷，但也算熬过来了，这几天，风软软的，随风飘来的，是远处山里，新竹拔节的声音，想，又要炖腌笃鲜了，再煮一锅猪油菜饭，只是，父亲和母亲，都已经不在了……

二〇一六年春节，上海

第三辑

住

《朝花夕拾》小引

鲁　迅

我常想在纷扰中寻出一点闲静来，然而委实不容易。目前是这么离奇，心里是这么芜杂。一个人做到只剩了回忆的时候，生涯大概总要算是无聊了罢，但有时竟会连回忆也没有。中国的做文章有轨范，世事也仍然是螺旋。前几天我离开中山大学的时候，便想起四个月以前的离开厦门大学；听到飞机在头上鸣叫，竟记得了一年前在北京城上日日旋绕的飞机。我那时还做了一篇短文，叫做《一觉》。现在是，连这“一觉”也没有了。

广州的天气热得真早，夕阳从西窗射入，逼得人只能勉强穿一件单衣。书桌上的一盆“水横枝”，是我先前没有见过的：就是一段树，只要浸在水中，枝叶便青葱得可爱。看看绿叶，编编旧稿，总算也在做一点事。做着这等事，真是虽生之日，犹死之年，很可以驱除炎热的。

前天，已将《野草》编定了；这回便轮到陆续载在《莽原》上的《旧事重提》，我还替他改了一个名称：《朝花夕拾》。带露折花，色香自然要好得多，但是我不能够。便是现在心目中的离奇和芜杂，我也还不能使他即刻幻化，转成离奇和芜杂的文章。或者，他日仰看流云时，会在我的眼前一闪烁罢。

我有一时，曾经屡次忆起儿时在故乡所吃的蔬果：菱角、罗汉豆、茭白、香瓜。凡这些，都是极其鲜美可口的；都曾是使我思乡的蛊惑。后来，我在久别之后尝到了，也不过如此；惟独在记忆上，还有旧来的意味留存。他们也许要哄骗我一生，使我时时反顾。

这十篇就是从记忆中抄出来的，与实际内容或有些不同，然而我现在只记得是这样。文体大概很杂乱，因为是或作或辍，经了九个月之多。环境也不一：前两篇写于北京寓所的东壁下；中三篇是流离中所作，地方是医院和木匠房；后五篇却在厦门大学的图书馆的楼上，已经是被学者们挤出集团之后了。

一九二七年五月一日，鲁迅于广州白云楼记。

香市

茅盾

"清明"过后，我们镇上照例有所谓的"香市"，首尾大约半个月。

赶"香市"的群众，主要是农民。"香市"的地点，在社庙。从前农村还是"桃源"的时候，这"香市"就是农村的"狂欢节"。因为从"清明"到"谷雨"这二十天内，风暖日丽，正是"行乐"的时令，并且又是"蚕忙"的前夜，所以到"香市"来的农民一半是祈神赐福（蚕花廿四分），一半也是预酬蚕节的辛苦劳作。所谓"借佛游春"是也。

于是"香市"中主要的节目无非是"吃"和"玩"。临时的茶棚，戏法场，"弄缸弄甏，走绳索，三上吊"的武技班，老虎，矮子，提线戏，髦儿戏，西洋镜——将社庙前五六十亩地的大广场挤得满满的。庙里的主人公是百草梨膏糖，花纸，各式各样泥的纸的金属的玩具，灿如繁星的"烛山"，熏得眼睛流泪的檀香烟，木拜垫上成排的磕头者。庙里庙外，人声和锣鼓声，还有孩子们手里的小喇叭，哨子的声音，混合成一片骚音，三里路外也听得见。

我幼时所见的"香市"，就是这样热闹的。在这"香市"中，我不但赏鉴了所谓“国技”，还认识了老虎、豹、猴子、穿山甲。所以“香市”也是儿童们的狂欢节。

“革命”以后，据说为了要“破除迷信”，接连有两年不准举行“香市”。社庙的左屋被“公安分局”借去做了衙门，而庙前广场的一角也筑了篱笆，据说将造公园。社庙的左偏殿上又有什么“蚕种改良所”的招牌。

然而从去年起，这“迷信”的香市忽又准许举行了。于是我又得机会重温儿时的旧梦，我很高兴地同三位堂妹子（她们运气不好，出世以来没有见过像样的热闹的香市），赶那香市去。

天气虽然很好，“市面”却很不好。社庙前虽然比平日多了许多人，但那空气似乎很阴惨。居然有锣鼓的声音。可是那声音单调。庙前的乌龙潭一泓清水依然如昔，可是潭后那座戏台却坍塌了，屋椽子像瘦人的肋骨似的暴露在“光风化日”之下。一切都不像我儿时所见的香市了！

那么姑且到唯一的锣鼓响的地方去看一看罢。我以为这锣鼓响的是什么变把戏的，一定也是瘪三式的玩意了。然而出乎意料，这是“南洋武术班”，上海的《良友画报》六十二期揭载的“卧钉床”的大力士就是其中的一员。那不是无名的“江湖班”。然而他们只售票价十六枚铜元。

看客却也很少，不满二百。（我进去的时候，大概只有五六十。）武术班的人们好像有点失望，但他们认真地表演了预告中的五六套：马戏、穿剑门、穿火门、走铅丝、大力士……他们说：“今天第一回，人少，可是把式不敢马虎——”他们三条船上男女老小总共有三十个人！

在我看来，这所谓南洋武术班的几套把式比起从前“香市”里的打拳头卖膏药的玩意来，委实是好看得多了。要是放在十多年前，怕不是挤得满场没个空隙儿么？但是今天第一天也只得二百来看客。往常“香市”的主角——农民，今天差不多看不见。

后来我知道，镇上的小商人是重兴这“香市”的主动者；他们想借此吸引游客，振兴市面；他们打算从农民的干瘪的袋里榨出几文来。可是他们这计划失败了！

落花生

许地山

我们屋后有半亩隙地。母亲说："让它荒芜着怪可惜，既然你们那么爱吃花生，就辟来做花生园罢。"我们几姐弟和几个小丫头都很喜欢——买种的买种，动土的动土，灌园的灌园；过不了几个月，居然收获了！

妈妈说："今晚我们可以做一个收获节，也请你们爹爹来尝尝我们的新花生，如何？"我们都答应了。母亲把花生做成好几样食品，还吩咐这节期要在园里的茅亭举行。

那晚上的天色不大好，可是爹爹也到来，实在很难得！爹爹说："你们爱吃花生么？"

我们都争着答应："爱！"

"谁能把花生的好处说出来？"

姐姐说："花生的气味很美。"

哥哥说："花生可以制油。"

我说："无论何等人都可以用贱价买它来吃，都喜欢吃它。这就是它的好处。”

爹爹说：“花生的用处固然很多；但有一样是很可贵的。这小小的豆不像那好看的苹果、桃子、石榴，把它们的果实悬在枝上，鲜红嫩绿的颜色，令人一望而发生羡慕的心。它只把果子埋在地底，等到成熟，才容人把它挖出来。你们偶然看见一棵花生瑟缩地长在地上，不能立刻辨出它有没有果实，非得等到你接触它才能知道。”

我们都说：“是的。”母亲也点点头。爹爹接下去说：“所以你们要像花生，因为它是有用的，不是伟大、好看的东西。”我说：“那么，人要做有用的人，不要做伟大、体面的人了。”爹爹说：“这是我对于你们的希望。”

我们谈到夜阑才散，所有花生食品虽然没有了，然而父亲的话现在还印在我心版上。

天目山中笔记

徐志摩

佛于大众中 说我当作佛 闻如是法音 疑悔悉已除

初闻佛所说 心中大惊疑 将非魔作佛 恼乱我心耶

——莲华经譬喻品

山中不定是清静。庙宇在参天的大木中间藏着，早晚间有的是风，松有松声，竹有竹韵，鸣的禽，叫的虫子，阁上的大钟，殿上的木鱼，庙身的左边右边都安着接泉水的粗毛竹管，这就是天然的笙箫，时缓时急地掺和着天空地上种种的鸣籁。静是不静的；但山中的声响，不论是泥土里的蚯蚓叫或是轿夫们深夜里“唱宝”的异调，自有一种个别处：它来得纯粹，来得清亮，来得透彻，冰水似的沁入你的脾肺；正如你在泉水里洗濯过后觉得清白些，这些山籁，虽则一样是音响，也分明有洗净的功能。

夜间这些清籁摇着你入梦，清早上你也从这些清籁的怀抱中苏醒。

山居是福，山上有楼住更是修得来的。我们的楼窗开处是一片蓊葱的林海；林海外更有云海！日的光，月的光，星的光：全是你的。从这三尺方的窗户你接受自然的变幻：从这三尺方的窗户你散放你情感的变幻。自在，满足。

今早梦回时睁眼见满帐的霞光。鸟雀们在赞美，我也加入一份。它们的是清越的歌唱，我的是潜深一度的沉默。

钟楼中飞下一声洪钟，空山在音波的磅礴中震荡。这一声钟激起了我的思潮。不，潮字太夸；说思流罢。耶教人说阿门，印度教人说“欧姆”“O——m”，与这钟声的嗡嗡，同是从撮口外摄到阖口内包的一个无限的波动：分明是外扩，却又是内潜；一切在它的周缘，却又在它的中心：同时是皮又是核，是轴亦复是廓。这伟大奥妙的“Om”使人感到动，又感到静；从静中见动，又从动中见静，从安住到飞翔，又从飞翔回复安住，从实在境界超入妙空，又从妙空化生实在：

“闻佛柔软音，深远甚微妙。”

多奇异的力量！多奥妙的启示！包容一切冲突性的现象，扩大刹那间的视域，这单纯的音响，于我是一种智灵的洗净。花开，花落，天外的流星与田畦间的飞萤，上绾云天的青松，下临绝海的巉岩，男女的爱，珠宝的光，火山的溶液：一婴儿在它的摇篮中安眠。

这山上的钟声是昼夜不间歇的，平均五分钟一次。打钟的和尚独自在钟头上住着，据说他已经不间歇地打了十一年钟，他的心愿是打到他不能动弹的那天。钟楼上供着菩萨，打钟人在大钟的一边安着他的“座”，他每晚是坐着安神的，一只手挽着钟棰的一头，从长期的习惯，不叫睡眠耽误他的职司。“这和尚，”我自忖，“一定是有道理的！和尚是没道理的多：方才那知客僧想把七窍蒙充六根，怎么算总多了一个鼻孔或是耳孔，那方丈师的谈吐里不少某督军与某省长的点缀，那管半山亭的和尚更是贪嗔的化身，无端摔破了两个无辜的茶碗。但这打钟和尚，他一定不是庸流，不能不去看看！”他的年岁在五十开外，出家有二十几年，这钟楼，不错，是他管的，这钟是他打的（说着他就过去撞了一下），他每晚，也不错，是坐着安神的，但此外，可怜，我的俗眼竟看不出什么异样。他拂拭着神龛，神坐，拜垫，换上香烛，掇一盂水，洗一把青菜，捻一把米，擦干了手接受香客的布施，又转身去撞一声钟。他脸上看不出修行的清癯，却没有失眠的倦态，倒是满满的不时有笑容的展露；念什么经，不，就念阿弥陀佛，他竟许是不认识字的。“那一带是什么山，叫什么，和尚？”“这里是天目山。”他说。“我知道，我说的是那一带的。”我手点着问。“我不知道。”他回答。

山上另有一个和尚，他住在更上去昭明太子读书台的旧址，盖着几间屋，供着佛像，也归庙管的，叫作茅棚。但这不比得普渡山上的真茅棚，那看了怕人的，坐着或是偎着修行的和尚没一个不是鹄形鸠面，鬼似的东西。他们不开口的多，你爱布施什么就放在他跟前的篓子或是盘子里，他们怎么也不睁眼，不出声，随你给的是金条或是铁条。人说得更奇了。有的半年没有吃过东西，不曾挪过窝，可还是没有死，就这么冥冥地坐着。他们大约离成佛不远了，单看他们的脸色，就比石片泥土不差什么，一样这黑刺刺，死僵僵的。“内中有几个”，香客们说，“已经成了活佛，我们的祖母早三十年来就看见他们这样坐着的！”

但天目山的茅棚以及茅棚里的和尚，却没有那样的浪漫出奇。茅棚是尽够蔽风雨的屋子，修道的也是活鲜鲜的人，虽则也并不因此减却他给我们的趣味。他是一个高身材、黑面目、行动迟缓的中年人；他出家将近十年，三年前坐过禅关，现在这山上茅棚里来修行。他在俗家时是个商人，家中有父母兄弟姐妹，也许还有自身的妻子；他不曾明说他中年出家的缘由，他只说“俗业太重了，还是出家从佛的好”，但从他沉着的语音与持重的神态中可以觉出他不仅是曾经在人事上受过折磨，并且是在思想上能分清黑白的人。他的口，他的眼，都泄漏着他内里强自抑制、魔与佛交斗的痕迹；说他是放过火杀过人的忏悔者，可信；说他是个回头的浪子，也可信。他不比那钟楼上人的不着颜色，不露曲折：他分明是色的世界里逃来的一个囚犯。三年的禅关，三年的草棚，还不曾压倒，不曾灭净，他肉身的烈火。“俗业太重了，不如出家从佛的好”，这话里岂不战栗着一往忏悔的深心？我觉着好奇，我怎么能得知他深夜趺坐时意念的究竟？

佛于大众中 说我当作佛 闻如是法音 疑悔悉已除

初闻佛所说 心中大惊疑 将非魔所说 恼乱我心耶

但这也许看得太深奥了。我们承受西洋人生观洗礼的，容易把做人看得太积极，入世的要求太猛烈，太不肯退让，把住这热乎乎的一个身子一个心放进生活的轧床去，不叫他留存半点汁水回去；非到山穷水尽的时候，决不肯认输，退后，收下旗帜；并且即使承认了绝望的表示，他往往直接向生存本体的取决，不来半不阑珊地收回了步子向后退：宁可自杀，甘脆的生命的断绝，不来出家，那是生命的否认。不错，西洋人也有出家做和尚做尼姑的，例如亚佩腊与爱洛绮丝，但在他们是情感方面的转变，原来对人的爱移作对上帝的爱，这感知的自体与它的活动依旧不含糊地存在着；在东方人，这出家是求情感的消灭，皈依佛法或道法，目的在自我一切痕迹的解脱。再说，这出家或出世的观念的老家，是印度不是中国，是跟着佛教来的；印度可以会发生这类思想，学者们自有种种哲理上乃至物理上的解释，也尽有趣味的。中国何以能容留这类思想，并且在实际上出家做尼僧的今天不比以前少（我新近一个朋友差一点做了小和尚!），这问题正值得研究，因为这分明不仅仅是个知识乃至意识的浅深问题，也许这情形尽有极有趣味的解释的可能，我见闻浅，不知道我们的学者怎样论法，我愿意领教。

一九二六年八月作

一片阳光

林徽因

放了假，春初的日子松弛下来。将午未午时候的阳光，澄黄的一片，由窗棂横浸到室内，晶莹地四处射。我有点发怔，习惯地在沉寂中惊讶我的周围。我望着太阳那湛明的体质，像要辨别它那交织绚烂的色泽，追逐它那不着痕迹的流动。看它洁净地映到书桌上时，我感到桌面上平铺着一种恬静，一种精神上的豪兴，情趣上的闲逸，即或所谓“窗明几净”，那里默守着神秘的期待，漾开诗的气氛。那种静，在静里似可听到那一处琤琮的泉流，和着仿佛是断续的琴声，低诉着一个幽独者自娱的音调。看到这同一片阳光射到地上时，我感到地面上花影浮动，暗香吹拂左右，人随着晌午的光霭花气在变幻，那种动，柔谐婉转有如无声音乐，令人悠然轻快，不自觉地脱落伤愁。至多，在舒扬理智的客观里使我偶一回头，看看过去幼年记忆步履所留的残迹，有点儿惋惜时间；微微怪时间不能保存情绪，保存那一切情绪所曾流连的境界。

倚在软椅上不但奢侈，也许更是一种过失，有闲的过失。但东坡的辩护“懒者常似静，静岂懒者徒”，不是没有道理。如果此刻不倚榻上而“静”，则方才情绪所兜的小小圈子便无条件地失落了去！人家就不可惜它，自己却实在不能不感到这种亲密的损失的可哀。

就说它是情绪上的小小旅行吧，不走并无不可，不过走走未始不是更好。归根说，我们活在这世上到底最珍惜一些什么？果真珍惜万物之灵的人的活动所产生的种种，所谓人类文化？这人类文化到底又靠一些什么？我们怀疑或许就是人身上那一撮精神同机体的感觉，生理心理所共起的情感，所激发出的一串行为，所聚敛的一点智慧——那么一点点人之所以为人的表现。宇宙万物客观的本无所可珍惜，反映在人性上的山川草木禽兽才开始有了秀丽，有了气质，有了灵犀。反映在人性上的人自己更不用说。没有人的感觉、人的情感，即便有自然，也就没有自然的美，质或神方面更无所谓人的智慧，人的创造，人的一切生活艺术的表现！这样说来，谁该鄙弃自己感觉上的小小旅行？为壮壮自己胆子，我们更该相信惟其人类有这类情绪的驰骋，实际的世间才赓续着产生我们精神所寄托的文物精粹。

此刻我竟可以微微一咳嗽，乃至于用播音的圆润口调说：我们既然无疑地珍惜文化，即尊重盘古到今种种的艺术——无论是抽象的思想的艺术，或是具体的驾驭天然材料另创的非天然形象——则对于艺术所由来的渊源，那点点人的感觉，人的情感智慧（通称人的情绪），又当如何地珍惜才算合理？

但是情绪的驰骋，显然不是诗或画或任何其他艺术建造的完成。这驰骋此刻虽占了自己生活的若干时间，却并不在空间里占任何一个小小位置！这个情形自己需完全明了。此刻它仅是一种无踪迹的流动，并无栖身的形体，它或含有各种或可捉摸的质素，但是好奇地探讨这个质素而具体要表现它的差事，无论其有无意义，除却本人外，别人是无能为力的。我此刻为着一片清婉可喜的阳光，分明自己在对内心交流变化的各种联想发生一种兴趣的注意，换句话说，这好奇与兴趣的注意已是我此刻生活的活动。一种力量又迫着我来把握住这个活动，而设法表现它，这不易抑制的冲动，或即所谓艺术冲动也未可知！只记得冷静的杜工部散散步，看看花，也不免会有“江上被花恼不彻，无处告诉只癫狂”的情绪上的一片紊乱！玲珑煦暖的阳光照人面前，那美的感人力量就不减于花，不容我生硬地自己把情绪划分为有闲与实际的两种，而权其轻重，然后再决定取舍的。我也只有情绪上的一片紊乱。

情绪的旅行本偶然的事，今天一开头并为着这片春初晌午的阳光，现在也还是为着它。房间内有两种豪侈的光常叫我的心绪紧张如同花开，趁着感觉的微风，深浅零乱于冷智的枝叶中间。一种是烛光，高高的台座，长垂的烛泪，熊熊红焰当帘幕四下时各处光影掩映。那种闪烁明艳，雅有古意，明明是画中景象，却含有更多诗的成分。另一种便是这初春晌午的阳光，到时候有意无意地大片子洒落满室，那些窗棂栏板几案笔砚浴在光霭中，一时全成了静物图案；再有红蕊细枝点缀几处，室内更是轻香浮溢，叫人俯仰全触到一种灵性。

这种说法怕有点会发生误会，我并不说这片阳光射入室内，需要笔砚花香那些儒雅的托衬才能动人，我的意思倒是：室内顶寻常的一些供设，只要一片阳光这样又幽娴又洒脱地落在上面，一切都会带上另一种动人的气息。

这里要说到我最初认识的一片阳光。那年我六岁，记得是刚刚出了水珠以后——水珠即寻常水痘，不过我家乡的话叫它作水珠。当时我很喜欢那美丽的名字，忘却它是一种病，因而也觉到一种神秘的骄傲。只要人过我窗口问问出“水珠”么？我就感到一种荣耀。那个感觉至今还印在脑子里。也为这个缘故，我还记得病中奢侈的愉悦心境。虽然同其他多次的害病一样，那次我仍然是孤独地被囚禁在一间房屋里休养的。那是我们老宅子里最后的一进房子；白粉墙围着小小院子，北面一排三间，当中夹着一个开敞的厅堂。我病在东头娘的卧室里。西头是婶婶的住房。娘同婶永远要在祖母的前院里行使她们女人们的职务的，于是我常是这三间房屋唯一留守的主人。

在那三间屋子里病着，那经验是难堪的。时间过得特别慢，尤其是在日中毫无睡意的时候。起初，我仅集注我的听觉在各种似脚步又不似脚步的上面。猜想着，等候着，希望着人来。间或听听隔墙各种琐碎的声音，由墙基底下传达出来又消敛了去。过一会儿，我就不耐烦了——不记得是怎样的，我就蹑着鞋，挨着木床走到房门边。房门向着厅堂斜斜地开着一扇，我便扶着门框好奇地向外探望。

那时大概刚是午后两点钟光景，一张刚开过饭的八仙桌，异常寂寞地立在当中。桌下一片由厅口处射进来的阳光，泻泻融融地倒在那里。一个绝对悄寂的周围伴着这一片无声的金色的晶莹，不知为什么，忽使我六岁孩子的心里起了一次极不平常的振荡。

那里并没有几案花香，美术的布置，只是一张极寻常的八仙桌。如果我的记忆没有错，那上面在不多时间以前，是刚陈列过咸鱼、酱菜一类极寻常俭朴的午餐的。小孩子的心却呆了。或许两只眼睛倒张大一点，四处地望，似乎在寻觅一个问题的答案。为什么那片阳光美得那样动人？我记得我爬到房内窗前的桌子上坐着，有意无意地望望窗外，院里粉墙疏影同室内那片金色和煦决然不同趣味。顺便我翻开手边娘梳妆用的旧式镜箱，又上下摇动那小排状抽屉，同那刻成花篮形的小铜坠子，不时听雀跃过枝清脆的鸟语。心里却仍为那片阳光隐着一片模糊的疑问。

时间经过二十多年，直到今天，又是这样一泻阳光，一片不可捉摸、不可思议流动的而又恬静的瑰宝，我才明白我那问题是永远没有答案的。事实上仅是如此：一张孤独的桌，一角寂寞的厅堂。一只灵巧的镜箱，或窗外断续的鸟语，和水珠——那美丽小孩子的病名——便凑巧永远同初春静沉的阳光整整复斜斜地成了我回忆中极自然的联想。

囚绿记

陆　蠡

这是去年夏间的事情。

我住在北平的一家公寓里。我占据着高广不过一丈的小房间，砖铺的潮湿的地面，纸糊的墙壁和天花板，两扇木格子嵌玻璃的窗，窗上有很灵巧的纸卷帘，这在南方是少见的。

窗是朝东的。北方的夏季天亮得快，早晨五点钟左右太阳便照进我的小屋，把可畏的光线射个满室，直到十一点半才退出，令人感到炎热。这公寓里还有几间空房子，我原有选择的自由的，但我终于选定了这朝东房间，我怀着喜悦而满足的心情占有它，那是有一个小小的理由。

这房间靠南的墙壁上，有一个小圆窗，直径一尺左右。窗是圆的，却嵌着一块六角形的玻璃，并且左下角被打碎了，留下一个大孔隙，手可以随意伸进伸出。圆窗外面长着常春藤。当太阳照过它繁密的枝叶，透到我房里来的时候，便有一片绿影。我便是欢喜这片绿影才选定这房间的。当公寓里的伙计替我提了随身小提箱，领我到这房间来的时候，我瞥见这绿影，感觉到一种喜悦，便毫不犹疑地决定下来，这样爽直使公寓里的伙计都惊奇了。

绿色是多宝贵的啊！它是生命，它是希望，它是安慰，它是快乐。我怀念着绿色把我的心等焦了。我欢喜看水白，我欢喜看草绿。我疲累于灰暗的都市的天空，和黄漠的平原，我怀念着绿色，如同涸辙的鱼盼等着雨水！我急不暇择的心情即使一枝之绿也视同至宝。当我在这小房中安顿下来，我移徙小台子到圆窗下，让我面朝墙壁和小窗。门虽是常开着，可没人来打扰我，因为在这古城中我孤独而陌生。但我并不感到孤独。我忘记了困倦的旅程和以往的许多不快的记忆。我望着这小圆洞，绿叶和我对语。我了解自然无声的语言，正如它了解我的语言一样。

我快活地坐在我的窗前。度过了一个月、两个月，我留恋于这片绿色。我开始了解渡越沙漠者望见绿洲的欢喜，我开始了解航海的冒险家望见海面飘来花草的茎叶的欢喜。人是在自然中生长的，绿是自然的颜色。

我天天望着窗口常春藤的生长。看它怎样伸开柔软的卷须，攀住一根缘引它的绳索，或一茎枯枝；看它怎样舒开折叠着的嫩叶，渐渐变青，渐渐变老，我细细观赏它纤细的脉络、嫩芽，我以揠苗助长的心情，巴不得它长得快，长得茂绿。下雨的时候，我爱它淅沥的声音，婆娑的摆舞。

忽然有一种自私的念头触动了我。我从破碎的窗口伸出手去，把两枝浆液丰富的柔条牵进我的屋子里来，教它伸长到我的书案上，让绿色和我更接近、更亲密。我拿绿色来装饰我这简陋的房间，装饰我过于抑郁的心情。我要借绿色来比喻葱茏的爱和幸福，我要借绿色来比喻猗郁的年华。我囚住这绿色如同幽囚一只小鸟，要它为我作无声的歌唱。

绿的枝条悬垂在我的案前了。它依旧伸长，依旧攀缘，依旧舒放，并且比在外边长得更快。我好像发现了一种“生的欢喜”，超过了任何一种喜悦。从前我有个时候，住在乡间的一所草屋里，地面是新铺的泥土，未除净的草根在我的床下茁出嫩绿的芽苗，蕈菌在地角上生长，我不忍加以剪除。后来一个友人一边说一边笑，替我拔去这些野草，我心里还引为可惜，倒怪他多事似的。

可是每天早晨，我起来观看这被幽囚的“绿友”时，它的尖端总朝着窗外的方向。甚至于一枚细叶，一茎卷须，都朝原来的方向。植物是多么固执啊！它不了解我对它的爱抚，我对它的善意。我为了这永远向着阳光生长的植物不快，因为它损害了我的自尊心。可是我囚系住它，仍旧让柔弱的枝叶垂在我的案前。

它渐渐失去了青苍的颜色，变成柔绿，变成嫩黄；枝条变成细瘦，变成娇弱，好像病了的孩子。我渐渐不能原谅我自己的过失，把天空底下的植物移锁到暗黑的室内；我渐渐为这病损的枝叶可怜，虽则我恼怒它的固执、无亲热，我仍旧不放走它。魔念在我心中生长了。

我原是打算七月尾就回南去的。我计算着我的归期，计算这“绿囚”出牢的日子。在我离开的时候，便是它恢复自由的时候。

卢沟桥事件发生了。担心我的朋友电催我赶速南归。我不得不变更我的计划，在七月中旬，不能再流连于烽烟四逼中的旧都，火车已经断了数天，我每日须得留心开车的消息。终于在一天早晨候到了。临行时我珍重地开释了这永不屈服于黑暗的囚人。我把瘦黄的枝叶放在原来的位置上，向它致诚意的祝福，愿它繁茂苍绿。

离开北平一年了。我怀念着我的圆窗和绿友。有一天，得重和它们见面的时候，会和我面生吗？

书房的窗子

杨振声

说也可怜，八年抗战归来，卧房都租不到一间，何言书房？既无书房，又何从说到书房的窗子！

唉！先生，你别见笑，叫花子连做梦都在想吃肉，正为没得，才想得厉害，我不但想到书房，连书房里每一角落，我都布置好了。今天又想到了我那书房的窗子。

说起窗子，那真是人类穴居之后一点灵机的闪耀才发明了它。它给你清风与明月，它给你晴日与碧空，它给你山光与水色，它给你安安静静地坐窗前，欣赏着宇宙的一切，一句话，它打通你与天然的界限。

但窗子的功用，虽是到处一样，而窗子的方向，却有各人的嗜好不同。陆放翁的“一窗晴日写黄庭”，大概指的是南窗，我不反对南窗的光朗与健康，特别在北方的冬天，南窗放进满屋的晴日，你随便拿一本书坐在窗下取暖，书页上的诗句全浸润在金色的光浪中，你书桌旁若有一盆腊梅那就更好——以前在北平只值几毛钱一盆，高三四尺者亦不过一两元，腊梅比红梅色雅而秀清，价钱并不比红梅贵多少。那么，就算有一盆腊梅罢。腊梅在阳光的照耀中荡漾着芬芳，把几枝疏脱的影子漫画在新洒扫的兰砖地上，如漆墨画。天知道，那是一种清居的享受。

东窗在初红里迎着朝暾，你起来开了格扇，放进一屋的清新。朝气洗涤了昨宵一梦的荒唐，使人精神清振，与宇宙万物一体更新。假使你窗外有一株古梅或是海棠，你可以看“朝日红妆”；有海，你可以看“海日生残夜”；一无所有，看朝霞的艳红，再不然，看想象中的郿宫，“晓日靓装千骑女，白樱桃下紫纶巾”。

“挂起西窗浪接天”这样的西窗，不独坡翁喜欢，我们谁都喜欢。然而西窗的风趣，正不止此，压山的红日徘徊于西窗之际，照出书房里一种透明的宁静。苍蝇的搓脚，微尘的轻游，都带些倦意了。人在一日的劳动后，带着微疲放下工作，舒适地坐下来吃一杯热茶，开窗西望，太阳已隐到山后了。田间小径上疏落地走着荷锄归来的农夫，隐约听到母牛哞哞地在唤着小犊同归。山色此时已由微红而深紫，而黝蓝。苍然暮色也渐渐笼上山脚的树林。西天上独有一缕镶着黄边的白云冉冉而行。

然而我独喜欢北窗。那就全是光的问题了。

说到光，我有一致偏向，就是不喜欢强烈的光而喜欢清淡的光，不喜欢敞开的光而喜欢隐约的光，不喜欢直接的光而喜欢反射的光，就拿日光来说罢，我不爱中午的骄阳，而爱“晨光之熹微”与夫落日的古红。纵使光度一样，也觉得一片平原的光海，总不及山阴水曲间光线的隐翳，或枝叶扶疏的树荫下光波的流动，至于反光更比直光来得委婉。“残夜水明楼”是那般的清虚可爱，而“明清照积雪”使你感到满目清晖。

不错，特别是雪的反光。在太阳下是那样霸道，而在月光下却又这般温柔。其实，雪光在阴阴天宇下，也蛮有风趣。特别是新雪的早晨，你一醒来全不知道昨宵降了一夜的雪，只看从纸窗透进满室的虚白，便与平时不同，那白中透出银色的清晖，温润而匀净，使屋子里平添一番恬静的滋味，披衣起床且不看雪，先掏开那尚未睡醒的炉子，那屋里顿然煦暖。然后再从容揭开窗帘一看，满目皓洁，庭前的枝枝都压垂到地角上了，望望天，还是阴阴的，那就准知道这一天你的屋子会比平常更幽静。

至于拿月光与日光比，我当然更喜欢月光，在月光下，人是那般隐藏，天宇是那般的素净。现实的世界退缩了，想象的世界放大了。我们想象的放大，不也就是我们人格的放大？放大到感染一切时，整个世界也因而富有情思了。“疏影横斜水清浅，暗香浮动月黄昏”比之“晴雪梅花”更为空灵，更为生动，“无情有恨何人觉，月晓风清欲堕时”比之“枝头春意”更富深情与幽思；而“宿妆残粉未明天，每立昭阳花树边”也比“水晶廉下看梳头”更动人怜惜之情。

这里不止是光度的问题，而是光度影响了态度。强烈的光使我们一切看得清楚，却不必使我们想得明透，使我们有行动的愉悦，却不必使我们有沉思的因缘；使我像春草一般向外发展，却不能使我们像夜合一般向内收敛。强光太使我们与外物接近了，留不得一分想象的距离。而一切文艺的创造，绝不是一些外界事物的推拢，而是事物经过个性的熔冶，范铸出来的作物。强烈的光与一切强有力的东西一样，它压迫我们的个性。

以此，我便爱上了北窗，南窗的光强，固不必说；就是东窗和西窗也不如北窗。北窗放进的光是那般清淡而隐约，反射而不直接，说到反光，当然便到了“窗子以外”了，我不敢想象窗外有什么明湖或青山的反光，那太奢望了。我只希望北窗外有一带古老的粉墙。你说古老的粉墙？一点不错。最低限度地要老到透出点微黄的颜色，假如可能，古墙上生几片青翠的石斑。这墙不要去窗太近，太近则逼窄，使人心狭；也不要太远，太远便不成为窗子屏风；去窗一丈五尺左右便好。如此古墙上的光辉返射在窗下的书桌上，润泽而淡白，不带一分逼人的霸气。这种清光绝不会侵凌你的幽静，也不会扰乱你的运思。它与清晨太阳未出以前的天光，及太阳初下，夕露未滋，湖面上的水光同是一样的清幽。

假如，你嫌这样的光太朴素了些，那你就在墙边种上一行疏竹。有风，你可以欣赏它婆娑的舞容；有月，窗上迷离的竹影，有雨，它给你平添一番清凄；有雪，那素洁，那清劲，确是你清寂中的佳友。即使无月无风，无雨无雪，红日半墙，竹荫微动，掩映于你书桌上的清晖，泛出一片青翠，几纹波痕，那般的生动而空灵，你书桌上满写着清新的诗句，你坐在那儿。纵使不读书也“要得”。

桃园杂记

李广田

我的故乡在黄河与清河两流之间。县名齐东，济南府属。土质为白沙壤，宜五谷与棉及落花生等。无山，多树，凡道旁田畔间均广植榆柳。县西境方圆数十里一带，则盛产桃。间有杏，不过于桃树行里添插些空隙而已。世之人只知有“肥桃”而不知尚有“齐东桃”，这应当说是见闻不广的过失，不然，就是先入为主为名声所蔽了。我这样说话，并非卖瓜者不说瓜苦，一味替家乡土产鼓吹，意在使自家人多卖些铜钱过日子，实在是因为年头不好，连家乡的桃树也遭了末运，现在是一年年地逐渐稀少了下去，恰如我多年不回家乡，回去时向人打听幼年时候的伙伴，得到的回答却是某人夭亡某人走失之类，平素纵不关心，到此也难免有些黯然了。

故乡的桃李，是有着很好的景色的。计算时间，从三月花开时起，至八月拔园时止，差不多占去了半年日子。所谓拔园，就是把最后的桃子也都摘掉，最多也只剩着一种既不美观也少甘美的秋桃，这时候园里的篱笆也已除去，表示已不必再昼夜看守了。最好的时候大概还是春天吧，遍野红花，又恰好有绿柳相衬，早晚烟霞中，罩一片锦绣画图，一些用低矮土屋所组成的小村庄，这时候是恰如其分地显得好看了。到得夏天，有的桃实已届成熟，走在桃园路边，也许于茂密的秀长桃叶间，看见有刚刚点了一滴红唇的桃子，桃的香气，是无论走在什么地方都可以闻到的，尤其当早夜，或雨后。说起雨后，这使我想起布谷，这时候种谷的日子已过，是锄谷的时候了，布谷改声，鸣如“荒谷早锄”，我的故乡人却呼作“光光多锄”。这种鸟以午夜至清晨之间叫得最勤，再就是雨霁天晴的时候了。叫的时候又仿佛另有一个作吱吱鸣声的在远方呼应，说这是雌雄合唱，也许是真实的事情。这种鸟也好像并无一定的宿处，只常见它们往来于桃树柳树间，忽地飞起，又且飞且鸣罢了。我永不能忘记的，是这时候的雨后天气，天空也许还是半阴半晴，有片片灰云在头上移动，禾田上冒着轻轻水气，桃树柳树上还带着如烟的湿雾，停了工作的农人又继续着，看守桃园的也不再躲在园屋里。这时候的每个桃园都已建起了一座临时的小屋，有的用土作为墙壁而以树枝之类作为顶篷，有的则只用芦席做成。守园人则多半是老人或年轻姑娘，他们看桃园，同时又做着种种事情，如绩麻或纺线之类。落雨的时候则躲在那座小屋内，雨晴之后则出来各处走走，到别家园里找人闲话。孩子们呢，这时候都穿了最简单的衣服在泥道上跑来跑去，唱着歌子，和“光光多锄”互相应答，被问的自然是鸟，问答的言语是这样的：

光光多锄，
你在哪里？

我在山后。

你吃什么？

白菜炒肉。

给我点吃？

不够不够。

在大城市里，是不常听到这种鸟声的，但偶一听到，我就立刻被带到了故乡的桃园去，而且这极简单却又最能表现出孩子的快乐的歌唱，也同时很清脆地响在我的耳里。我不听到这种唱答已经有七八年之久了。

今次偶然回到家乡，是多少年来唯一的能看到桃花的一次。然而使我惊讶的，却是桃花已不再那么多了，有许多桃园都已变成了平坦的农田，这原因我不大明白。问乡里人，则只说这里的土地都已衰老，不能再生新的桃树了。当自己年幼的时候，记得桃的种类是颇多的，有各种奇奇怪怪的名目，现在仅存的也不过三五种罢了。有些种类是我从未见过的，有些名目也已经被我忘却，大体说来，则应当分做秋桃与接桃两种，秋桃之中没有多大异同，接桃则又可分出许多不同的名色。

秋桃是由桃核直接生长起来的桃树，开花最早，而果实成熟则最晚，有的等到秋末天凉时才能上市。这时候其他桃子都已净树，人们都在惋惜着今年不会再有好的桃子可吃了，于是这种小而多毛，且颇有点酸苦味道的秋桃也成了稀罕东西。接桃则是由生长过两三年的秋桃所接成的。有的是“根接”，把秋桃树干齐地锯掉，以接桃树的嫩枝插在被锯的树根上，再用土培覆起来，生出的幼芽就是接桃了。又有所谓“筐接”，方法和“根接”相同，不过保留了树干，而只锯掉树头罢了，因须用一个盛土的筱筐以保护插了新枝的树干顶端，故曰“筐接”。这种方法是不大容易成功的，假如成功，则可以较速地得到新的果实。另有一种叫作“枝接”，是颇有趣的一种接法：把秋桃枝梢的外皮剥除，再以接桃枝端上拧下来的哨子套在被剥的枝上，用树皮之类把接合处严密捆缚就行了，但必须保留桃枝上的原有的芽码，不然，是不会有新的幼芽出生的。因此，一棵秋桃上可以接出许多种接桃，当桃子成熟时，就有各色各样的桃实了。也有人把柳树接作桃树的，据说所生桃实大可如人首，但吃起来则毫无滋味，说者谓如嚼木梨。

按成熟的先后为序，据我所知道的，接桃中有下列几种：

“落丝”，当新的蚕丝上市时，落丝桃也就上市了。形椭圆，嘴尖长，味甘微酸。因为在同辈中是最先来到的一种，又因为产量较少之故，价值较高也是当然的了。

“麦匹子”，这是和小麦同时成熟的一种。形圆，色紫，味甚酸，非至全个果实已经熟透而内外皆呈紫色时，酸味是依然如故的。

“大易生”，此为接桃中最易生长而味最甘美的一种，能够和“肥桃”媲美的也就是这一种了。熟时实大而白，只染一个红嘴和一条红线。未熟时甘脆如梨，而清爽适口则为梨所不及，熟透则皮薄多浆，味微如蜜。皮薄是其优点，也是劣点，不能耐久，不能致远，我想也就是因为这个了。

“红易生”，一名“一串绫”，实小，熟时遍体作绛色，产量甚丰，绿枝累累如贯珠。名“一串绫”，乃言如一串红绫绕枝，肉少而味薄，为接桃中之下品。

“大芙蓉”，形浑圆，色全白，故一名“大白桃”，夏末成熟，味甘而淡。又有“小芙蓉”，与此为同种，果实较小，亦曰“小白桃”。

“胭脂雪”，此为接桃中最美观的一种，红如胭脂，白如雪，红白相匀，说者谓如美人颜，味不如“大易生”，而皮厚经久。此为桃类中价值最高者。

“铁巴子”，叶细小，故亦称“小叶子”。“铁巴子”谓其不易摇落，即生摘亦须稍费力气。实小，味甘，现已绝种。另有“齐嘴红一种”，以状得名，不多见。

有一种所谓“磨枝”的，并非桃的另一种类，乃是紧靠着桃枝结果，因之被桃枝磨上了疤痕的桃子，奇怪处是这种桃子特别甘美，为担挑桃的桃贩所不取，但我们园里人则特意在枝叶间探寻“磨枝”来自己享用。为什么这种桃子会特别甘美呢，到现在也还不能明白。另有所谓“桃王”的，我想这大概只是一种传说罢了。据云“桃王”是一种特大的桃子，生在最繁密的枝叶间，长青不老，为一园之王。当然，一个桃园里也就只能有这么一个了。有“桃王”的桃园是幸福的，因为园里的桃子会格外丰美，甚至可以取之不竭。但假如有人把这“桃王”给摘掉了，则全园的桃子也将殒灭净尽。这是奇迹，幼年时候每每费尽了功夫去发现“桃王”，但从未发现过一次，也不曾听说谁家桃园里发现过。

桃是我们家乡的重要土产，有些人家是借了桃园来辅助一家生活之所需的。这宗土产的推销有两种方法：一是靠了外乡小贩的运贩，他们每到桃季便肩了挑子在各处桃园里来往；另一种方法，就是靠着流过这地方的那两条河水了。当“大易生”和“胭脂雪”成熟的时候，附近两河的码头上是停泊了许多帆船的，从水路再转上铁路，我们的桃子是被送到其他城市人民的口上去了。我很担心，今后的桃园会变得冷落，恐怕不会再有那么多吆吆喝喝的肩挑贩，河上的白帆也将更见得稀疏了吧。

胡同文化

汪曾祺

北京城像一块大豆腐，四方四正。城里有大街，有胡同。大街、胡同都是正南正北，正东正西。北京人的方位意识极强。过去拉洋车的，逢转弯处都高叫一声“东去！”“西去！”以防碰着行人。老两口睡觉，老太太嫌老头子挤着她了，说“你往南边去一点”。这是外地少有的。街道如是斜的，就特别标明是斜街，如烟袋斜街、杨梅竹斜街。大街、胡同，把北京切成一个又一个方块。这种方正不但影响了北京人的生活，也影响了北京人的思想。

胡同原是蒙古语，据说原意是水井，未知确否。胡同的取名，有各种来源。有的是计数的，如东单三条、东四十条。有的原是皇家储存物件的地方，如皮库胡同、惜薪司胡同（存放柴炭的地方），有的是这条胡同里曾住过一个有名的人物，如无量大人胡同、石老娘（老娘是接生婆）胡同。大雅宝胡同原名大哑巴胡同，大概胡同里曾住过一个哑巴。王皮胡同是因为有一个姓王的皮匠。王广福胡同原名王寡妇胡同。有的是某种行业集中的地方。手帕胡同大概是卖手帕的。羊肉胡同当初想必是卖羊肉的，有的胡同是像其形状的。高义伯胡同原名狗尾巴胡同。小羊宜宾胡同原名羊尾巴胡同。大概是因为这两条胡同的样子有点像羊尾巴、狗尾巴。有些胡同则不知道何所取义，如大绿纱帽胡同。

胡同有的很宽阔，如东总布胡同、铁狮子胡同。这些胡同两边大都是“宅门”，到现在房屋都还挺整齐。有些胡同很小，如耳朵眼胡同。北京到底有多少胡同？北京人说：有名的胡同三千六，没名的胡同数不清，通常提起“胡同”，多指的是小胡同。

胡同是贯通大街的网络。它距离闹市很近，打个酱油，约二斤鸡蛋什么的，很方便，但又似很远。这里没有车水马龙，总是安安静静的。偶尔有剃头挑子的“唤头”（像一个大镊子，用铁棒从当中擦过，便发出噌的一声）、磨剪子磨刀的“惊闺”（十几个铁片穿成一串，摇动作声）、算命的盲人（现在早没有了）吹的短笛的声音。这些声音不但不显得喧闹，倒显得胡同里更加安静了。

胡同和四合院是一体，胡同两边是若干四合院连接起来的。胡同、四合院，是北京市民的居住方式，也是北京市民的文化形态。我们通常说北京的市民文化，就是指的胡同文化。胡同文化是北京文化的重要组成部分，即便不是最主要的部分。

胡同文化是一种封闭的文化。住在胡同里的居民大都安土重迁，不大愿意搬家。有在一个胡同里一住住几十年的，甚至有住了几辈子的。胡同里的房屋大都很旧了，“地根儿”房子就不太好，旧房檩，断砖墙。下雨天常是外面大下，屋里小下。一到下大雨，总可以听到房塌的声音，那是胡同里的房子。但是他们舍不得“挪窝儿”——“破家值万贯”。

四合院是一个盒子。北京人理想的住家是“独门独院”。北京人也很讲究“处街坊”。“远亲不如近邻”。“街坊里道”的，谁家有点事，婚丧嫁娶，都得“随”一点“份子”，道个喜或道个恼，不这样就不合“礼数”。但是平常日子，过往不多，除了有的街坊是棋友，“杀”一盘；有的是酒友，到“大酒缸”(过去山西人开的酒铺，都没有桌子，在酒缸上放一块规成圆形的厚板以代酒桌）喝两“个”(大酒缸二两一杯，叫作“一个”)；或是鸟友，不约而同，各晃着鸟笼，到天坛城根、玉渊潭去“会鸟”(会鸟是把鸟笼挂在一处，既可让鸟互相学叫，也互相比赛)，此外，“各人自扫门前雪，休管他人瓦上霜”。

北京人易于满足，他们对生活的物质要求不高。有窝头，就知足了。大腌萝卜，就不错。小酱萝卜，那还有什么说的。臭豆腐滴儿滴香油，可以待姑奶奶。虾米皮熬白菜，嘿！我认识一个在国子监当过差，伺候过陆润庠、王垿等祭酒的老人，他说：“哪儿也比不了北京。北京的熬白菜也比别处好吃——五味神在北京。”五味神是什么神？我至今考查不出来。但是北京人的大白菜文化却是可以理解的。北京人每个人一辈子吃的大白菜摞起来大概有北海白塔那么高。

北京人爱瞧热闹，但是不爱管闲事。他们总是置身事外，冷眼旁观。北京是民主运动的策源地，“民国”以来，常有学生运动。北京人管学生运动叫作“闹学生”。学生示威游行，叫作“过学生”。与他们无关。

北京胡同文化的精义是“忍”，安分守己、逆来顺受。老舍《茶馆》里的王利发说“我当了一辈子的顺民”，是大部分北京市民的心态。

我的小说《八月骄阳》里写到“文化大革命”，有这样一段对话：

> “还有个章法没有？我可是当了一辈子安善良民，从来奉公守法。这会儿，全乱了。我这眼面前就跟‘下黄土’似的，简直的，分不清东西南北了。”
>
> “您多余操这份儿心。粮店还卖不卖棒子面？”
>
> “卖！”
>
> “还是的。有棒子面就行……”

我们楼里有个小伙子，为一点事，打了开电梯的小姑娘一个嘴巴。我们都很生气，怎么可以打一个女孩子呢！我跟两个上了岁数的老北京（他们是“搬迁户”，原来是住在胡同里的）说，大家应该主持正义，让小伙子当众向小姑娘认错，这二位同志说：“叫他认错？门儿也没有！忍着吧！——穷忍着，富耐着，睡不着眯着！”“睡不着眯着”这话实在太精彩了！睡不着，别烦躁，别起急，眯着，北京人，真有你的！

北京的胡同在衰败，没落。除了少数“宅门”还在那里挺着，大部分民居的房屋都已经很残破，有的地基柱础甚至已经下沉，只有多半截还露在地面上。有些四合院门外还保存着已失原形的拴马桩、上马石，记录着失去的荣华。有打不上水来的井眼、磨圆了棱角的石头棋盘，供人凭吊。西风残照，衰草离披，满目荒凉，毫无生气。

看看这些胡同的照片，不禁使人产生怀旧情绪，甚至有些伤感。但是这是无可奈何的事。在商品经济大潮的席卷之下，胡同和胡同文化总有一天会消失的。也许像西安的虾蟆陵，南京的乌衣巷，还会保留一两个名目，使人怅惘低回。

再见吧，胡同。

一九九三年三月十五日

第四辑

行

红叶

茅　盾

朋友们说起看红叶，都很高兴。

红叶只是红了的枫叶，原来极平凡，但此间人当作珍奇，所以秋天看红叶竟成为时髦的盛事。如果说春季是樱花的，那么，秋季便该是红叶的了。你不到郊外，只在热闹的马路上走，也随处可以见到这“幸运儿”的红叶：十月中，咖啡馆里早已装饰着人工的枫树，女侍者的粉颊正和蜡纸的透明的假红叶掩映成趣；点心店的大玻璃窗橱中也总有一枝两枝的人造红叶横卧在鹅黄色或是翠绿色的糕饼上；那边如果有一家“秋季大卖出”的商铺，那么，耀眼的红光更会使你的眼睛发花。“幸运儿”的红叶呵，你简直是秋季的时令神。

在微雨的一天，我们十分高兴地到郊外的一处名胜去看红叶。

并不是怎样出奇的山，也不见得有多高。青翠中点缀着一簇一簇的红光，便是吸引游人的全部风景。山径颇陡峻，幸而有石级；一边是谷，缓缓地流过一道浅涧；到了山顶俯视，这浅涧便像银带子一般晶明。

山顶是一片平场。出奇的是并没有一棵枫树，却只有个卖假红叶的小摊子。一排芦席棚分隔成二十多小间，便是某酒馆的“雅座”，这时差不多快满座了。我们也占据了一间，并没有红叶看，光照着对面的绿丛丛的高山峰。

两个喝得满脸通红的游客，挽着臂在泥地上婆娑跳舞，另一个吹口琴，呜呜地响着，听去是“悲哀”的调子。忽而他们都哈哈笑起来；是这样的响，在我们这边也觉得震耳。

芦席棚边有人摆着小摊子卖白泥烧的小圆片，形状很像二寸径的碟子；游客们买来用力掷向天空。这白色的小圆片在青翠色的背景前飞了起来，到不能再高时，便如白燕子似的斜掠下来（这是因为受了风），有时成为波纹，成为弧形，似乎还是簌簌地颤动着，约莫有半分钟，然后失落在谷内的丰草中；也有坠在浅涧里的，那就见银光一闪——你不妨说这便是水的欢迎。

早就下着的雨，现在是渐渐大了。游客们不知在什么时候已经减少了许多。山顶的广场（那就是游览的中心）便显得很寂静，芦棚下的“雅座”里只有猩红的毯子很整齐地躺着，时间大概是午后三时左右。

我们下山时雨已经很大，路旁成堆的落叶此时经了雨濯，便洗出绛红的颜色来，似乎要与那些尚留在枝头的同伴们比一比谁是更“赤”。

“到山顶吃饭喝酒，掷白泥的小圆片，然后回去：这便叫作看红叶。谁曾在都市的大街上看见人造红叶的盛况的，总不会料到看红叶原来只是如此这般一回事！”

我在路旁拾起几片红叶的时候，忍不住这样想。

扬州旧梦寄语堂

郁达夫

语堂兄：

乱掷黄金买阿娇，穷来吴市再吹箫。

箫声远渡江淮去，吹到扬州廿四桥。

这是我在六七年前——记得是一九二八年的秋天，写那篇《感伤的行旅》时瞎唱出来的歪诗；那时候的计划，本想从上海出发，先在苏州下车，然后去无锡，游太湖，过常州，达镇江，渡瓜步，再上扬州去的。但一则因为苏州在戒严，再则因在太湖边上受了一点虚惊，故而中途变计，当离无锡的那一天晚上，就直到了扬州城里。旅途不带诗韵，所以这一首打油诗的韵脚，是姜白石的那一首“小红唱曲我吹箫”的老调，系凭着了车窗，看看斜阳衰草、残柳芦苇，哼出来的莫名其妙的山歌。

我去扬州，这时候还是第一次；梦想着扬州的两字，在声调上，在历史的意义上，真是如何地艳丽，如何地够使人魂销而魄荡！

竹西歌吹，应是玉树后庭花的遗音；萤苑迷楼，当更是临春结绮等沉檀香阁的进一步的建筑。此外的锦帆十里，殿脚三千，后土祠琼花万朵，玉钩斜青冢双行，计算起来，扬州的古迹、名区，以及山水佳丽的地方，总要有三年零六个月才逛得遍。唐宋文人的倾倒于扬州，想来一定是有一种特别见解的；小杜的"青山隐隐水迢迢"，与"十年一觉扬州梦"，还不过是略带感伤的诗句而已，至如"君王忍把平陈业，只换雷塘数亩田""人生只合扬州死，禅智山光好墓田"，那简直是说扬州可以使你的国亡，可以使你的身死，而也决无后悔的样子了，这还了得！

在我梦想中的扬州，实在太有诗意，太富于六朝的金粉气了，所以那一次从无锡上车之后，就是到了我所最爱的北固山下，亦没有心思停留半刻，便匆匆的渡过了江去。

长江北岸，是有一条公共汽车路筑在那里的；一落渡船，就可以向北直驶，直达到扬州南门的福运门边。再过一条城河，便进扬州城了，就是一千四五百年以来，为我们历代的诗人骚客所赞叹不置的扬州城，也就是你家黛玉他爸爸，在此撇下了孤儿升天成佛去的扬州城！

但我在到扬州的一路上，所见的风景，都平坦萧杀，没有一点令人可以留恋的地方，因而想起了晁无咎的《赴广陵道中》的诗句：

醉卧符离太守亭，别都弦管记曾称，

淮山杨柳春千里，尚有多情忆小胜①。

① 小胜，劝酒女鬟也。

急鼓冬冬下泗州，却瞻金塔在中流，
帆开朝日初生处，船转春山欲尽头。
杨柳青青欲哺乌，一春风雨暗隋渠，
落帆未觉扬州远，已喜淮阴见白鱼。

才晓得他自安徽北部下泗州，经符离（现在的宿县）由水道而去的，所以得见到许多景致，至少至少，也可以看到两岸的垂杨和江中的浮屠鱼类。而我去的一路呢，却只见了些道路树的洋槐，和秋收已过的沙田万顷，别的风趣，简直没有。连绿杨城郭是扬州的本地风光，就是自隋朝以来的堤柳，也看见得很少。

到了福运门外，一见了那一座新修的城楼，以及写在那洋灰壁上的三个福运门的红字，更觉得兴趣索然了；在这一种城门之内的亭台园囿，或楚馆秦楼，哪里会有诗意呢？

进了城去，果然只见到些狭窄的街道，和低矮的市廛，在一家新开的绿杨大旅社里住定之后，我的扬州好梦，已经醒了一半了。入睡之前，我原也去逛了一下街市，但是灯烛辉煌，歌喉宛转的太平景象，竟一点儿也没有。“扬州的好处，或者是在风景，明天去逛瘦西湖，平山堂，大约总特别的会使我满足，今天且好好儿的睡它一晚，先养养我的脚力罢！”这是我自己替自己解闷的想头，一半也是真心诚意，想驱逐驱逐宿娼的邪念的一道符咒。

第二天一早起来，先坐了黄包车出天宁门去游平山堂。天宁门外的天宁寺，天宁寺后的重宁寺，建筑的确伟大，庙貌也十分的壮丽；可是不知为了什么，寺里不见一个和尚，极好的黄松材料，都断的断，拆的拆了，像许久不经修理的样子。时间正是暮秋，那一天的天气又是阴天，我身到了这大伽蓝里，四面不见人影，仰头向御碑佛以及屋顶一看，满身出了一身冷汗，毛发都倒竖起来了，这一种阴戚戚的冷气，叫我用什么文字来形容呢？

回想起二百年前，高宗南幸，自天宁门到蜀冈，七八里路，尽用白石铺成，上面雕栏曲槛，有一道像颐和园昆明湖上似的长廊甬道，直达至平山堂下，黄旗紫盖，翠辇金轮，妃嫔成队，侍从如云的盛况，和现在的这一条黄沙曲路，只见衰草牛羊的萧条野景来一比，实在是差得太远了。当然颓井废垣，也有一种令人发思古之幽情的美感，所以鲍明远会作出那篇《芜城赋》来；但我去的时候的扬州北郭，实在太荒凉了，荒凉得连感慨都叫人抒发不出。

到了平山堂东面的功得山观音寺里，吃了一碗清茶，和寺僧谈起这些景象，才晓得这几年来，兵去则匪至，匪去则兵来，住的都是城外的寺院。寺的坍败，原是应该，和尚的逃散，也是不得已的。就是蜀冈的一带，三峰十余个名刹，现在有人住的，只剩下了这一个观音寺了，连正中峰有平山堂在的法净寺里，此刻也没有了住持的人。

平山堂一带的建筑，点缀，园囿，都还留着有一个旧日的轮廓；像平远楼的三层高阁，依然还在，可是门窗却没有了，西园的池水以及第五泉的泉路，都还看得出来，但水却干涸了；从前的树木、花草、假山、叠石，并其他的精舍亭园，现在只剩了许多痕迹，有的简直连遗址都无寻处。

我在平山堂上，瞻仰了一番欧阳公的石刻像后，只能屁也不放一个，悄悄的又回到了城里。午后想坐船了，去逛的是瘦西湖小金山五亭桥的一角。

在这一角清淡的小天地里，我却看到了扬州的好处。因为地近城区，所以荒废也并不十分厉害；小金山这面的临水之处，并且还有一位军阀的别墅（徐园）建筑在那里，结构尚新，大约总还是近年来的新筑。从这一块地方，看向五亭桥法海塔去的一面风景，真是典丽裔皇，完全像北平中南海的气象。至于近旁的寺院之类，却又因为年久失修，谈不上了。

瘦西湖的好处，全在水树的交映，与游程的曲折；秋柳影下，有红蓼青蘋，散浮在水面，扁舟擦过，还听得见水草的鸣声，似在暗泣。而几个弯儿一绕，水面阔了，猛然间闯入眼来的，就是那一座有五个整齐金碧的亭子排立着的白石平桥，比金鳌玉蝀，虽则短些，可是东方建筑的古典趣味，却完全荟萃在这一座桥，这五个亭上。

还有船娘的姿势，也很优美；用以撑船的，是一根竹竿，使劲一撑，竹竿一弯，同时身体靠上去着力，臂部腰部的曲线，和竹竿的线条，配合得异常匀称，异常复杂。若当暮雨潇潇的春日，雇一个容颜姣好的船娘，携酒与茶，来瘦西湖上回游半日，倒也是一种赏心的乐事。

船回到了天宁门外的码头，我对那位船娘，却也有点儿依依难舍的神情，所以就出了一个题目，要她在岸上再陪我一程。我问她：“这近边还有好玩的地方没有？”她说：“还有天宁寺、平山堂。”我说：“都已经去过了。”她说：“还有史公祠。”于是就由她带路，抄过了天宁门，向东走到了梅花岭下。瓦屋数间，荒坟一座，有的人还说坟里面葬着的只是史阁部的衣冠，看也原没有什么好看；但是一部《廿四史》掉尾的这一位大忠臣的战绩，是读过明史的人，无不为之泪下的；况且经过《桃花扇》作者的一描，更觉得史公的忠肝义胆，活跃在纸上了；我在祠墓的中间立着想着；穿来穿去的走着；竟耽搁了那一位船娘不少的时间。本来是阴沉短促的晚秋天，到此竟垂垂欲暮了，更向东踏上了梅花岭了斜坡，我的唱山歌的老病又发作了，就顺口唱出了这么的二十八字：

> 三百年来土一丘，史公遗爱满扬州；
> 二分明月千行泪，并作梅花岭下秋。

写到这里，本来是可以搁笔了，以一首诗起，更以一首诗终，岂不很合鸳鸯蝴蝶的体裁么，但我还想加上一个总结，以醒醒你的骑鹤上扬州的迷梦。

总之，自大业初开邗沟入江渠以来，这扬州一郡，就成了中国南北交通的要道；自唐历宋，直到清朝，商业集中于此，冠盖也云屯在这里。既有了有产及有势的阶级，则依附这阶级而生存的奴隶阶级，自然也不得不产生。贫民的儿女，就被他们迫作婢妾，于是乎就有了杜牧之的青楼薄幸之名，所谓“春风十里扬州路”者，盖指此。有了有钱的老爷，和美貌的名娼，则饮食起居（园亭），衣饰犬马，名歌艳曲，才士雅人（帮闲食客），自然不得不随之而俱兴，所以要腰缠十万贯，才能逛扬州者，以此。但是铁路开后，扬州就一落千丈，萧条到了极点。从前的运使、河督之类，现在也已经驻上了别处；殷实商户，巨富乡绅，自然也分迁到了上海或天津等洋大人的保护之区，故而目下的扬州只剩了一个历史上的剥制的虚壳，内容便什么也没有了。

扬州之美，美在各种的名字，如绿杨村、廿四桥、杏花村舍、邗上农桑、尺五楼、一粟庵等；可是你若辛辛苦苦，寻到了这些最风雅也没有的名称的地方，也许只有一条断石，或半间泥房，或者简直连一条断石、半间泥房都没有的。张陶庵有一册书，叫作《西湖梦寻》，是说往日的西湖如何可爱，现在却不对了，可是你若到扬州去寻梦，那恐怕要比现在的西湖还更不如。

你既不敢游杭，我劝你也不必游扬，还是在上海梦里想象想象欧阳公的平山堂，王阮亭的红桥，《桃花扇》里的史阁部，《红楼梦》里的林如海，以及盐商的别墅，乡宦的妖姬，倒来得好些。枕上的卢生，若长不醒，岂非快事。一遇现实，那里还有 Dichtung 呢！

一九三五年五月

青岛

闻一多

海船快到胶州湾时，远远望见一点青，在万顷的巨涛中浮沉；在右边崂山无数柱奇挺的怪峰，会使你忽然想起多少神仙的故事。进湾，先看见小青岛，就是先前浮沉在巨浪中的青点，离它几里远就是山东半岛最东的半岛——青岛。簇新的、整齐的楼屋，一座一座立在小小山坡上，笔直的柏油路伸展在两行梧桐树的中间，起伏在山冈上如一条蛇。谁信这个现成的海市蜃楼，一百年前还是个荒岛？

当春天，街市上和山野间密集的树叶，遮蔽着岛上所有的住屋，向着大海碧绿的波浪，岛上起伏的青梢也是一片海浪，浪下有似海底下神人所住的仙宫。但是在榆树丛荫，还埋着十多年前德国人坚伟的炮台，深长的甬道里你还可以看见那些地下室，那些被毁的大炮机和墙壁上血涂的手迹——欧战时这儿剩有五百德国兵丁和日本争夺我们的小岛，德国人败了，日本的太阳旗曾经一时招展全市，但不久又归还了我们。在青岛，有的是一片绿林下的仙宫和海水泱泱的高歌，不许人想到地下还藏着十多间可怕的暗窟，如今全毁了。

堤岸上种植无数株梧桐，那儿可以坐憩，在晚上凭栏望见海湾里千万只帆船的桅杆，远近一盏盏明灭的红绿灯漂在浮标上，那是海上的星辰。沿海岸处有许多伸长的山脚，黄昏时潮水一卷一卷来，在沙滩上飞转，溅起白浪花，又退回去，不厌倦地呼啸。天空中海鸥逐向渔舟飞，有时间在海水中的大岩石上，听那巨浪撞击着岩石激起一两丈高的水花。那儿再有伸出海面的站桥，去站着望天上的云，海天的云彩永远是清澄无比的，夕阳快下山，西边浮起几道鲜丽耀眼的光，在别处你永远看不见的。

过清明节以后，从长期的海雾中带回了春色，公园里先是迎春花和连翘，成篱的雪柳，还有好像白亮灯的玉兰，软风一吹来就憩了。四月中旬，奇丽的日本樱花开得像天河，十里长的两行樱花，蜿蜒在山道上，你在树下走，一举首只见樱花绣成的云天。樱花落了，地下铺好一条花蹊。接着海棠花又点亮了，还有踯躅在山坡下的“山踯躅”，丁香，红端木，天天在染织这一大张地毡；往山后深林里走去，每天你会寻见一条新路，每一条小路中不知是谁创制的天地。

到夏季来，青岛几乎是天堂了。双驾马车载人到汇泉浴场去，男的女的中国人和十方的异客，戴了阔边大帽，海边沙滩上，人像小鱼一般，曝露在日光下，怀抱中是熏人的咸风。沙滩边许多小小的木屋，屋外搭着伞篷，人全仰天躺在沙上，有的下海去游泳、踩水浪，孩子们光着身在海滨拾贝壳。街路上满是烂醉的外国水手，一路上胡唱。

但是等秋风吹起，满岛又恢复了它的沉默，少有人行走，只在雾天里听见一种怪水牛的叫声，人说水牛躲在海角下，谁都不知道在哪儿。

滇行短记

老 舍

一

总没学会写游记。这次到昆明住了两个半月，依然没学会写游记，最好还是不写。但友人嘱寄短文，并以滇游为题。友情难违；就想起什么写什么。另创一格，则吾岂敢，聊以塞责，颇近似之，惭愧得紧！

二

八月二十六日早七时半抵昆明。同行的是罗莘田先生。他是我的幼时同学，现在已成为国内有数的音韵学家。老朋友在久别之后相遇，谈些小时候的事情，都快活得要落泪。

他住昆明青云街靛花巷，所以我也去住在那里。

住在靛花巷的，还有郑毅生先生、汤老先生、袁家骅先生、许宝騄先生、郁泰然先生。

毅生先生是历史家，我不敢对他谈历史，只能说些笑话。汤老先生是哲学家，精通佛学，我偷偷地读他的晋魏六朝佛教史，没有看懂，因而也就没敢向他老人家请教。家骅先生在西南联大教授英国文学，一天到晚读书，我不敢多打扰他，只在他泡好了茶的时候，搭讪着进去喝一碗，赶紧告退。他的夫人钱晋华女士常来看我。到吃饭的时候每每是大家一同出去吃价钱最便宜的小馆。宝騄先生是统计学家，年轻，瘦瘦的，聪明绝顶。我最不会算术，而他成天地画方程式。他在英国留学毕业后，即留校教书，我想，他的方程式必定画得不错！假若他除了统计学，别无所知，我只好闭口无言，全没办法。可是，他还会唱三百多出昆曲。在昆曲上，他是罗莘田先生与钱晋华女士的“老师”。罗先生学昆曲，是要看看制曲与配乐的关系，属于哪声的字容或有一定的谱法，虽腔调万变，而不难找出个作谱的原则。钱女士学昆曲，因为她是个音乐家。我本来学过几句昆曲，到这里也想再学一点。可是，不知怎的一天一天地度过去，天天说拍曲，天天一拍也未拍，只好与许先生约定：到抗战胜利后，一同回北平去学，不但学，而且要彩唱！郁先生在许多别的本事而外，还会烹调。当他有工夫的时候，便做一二样小菜，沽四两市酒，请我喝两杯。这样，靛花巷的学者们的生活，并不寂寞。当他们用功的时候，我就老鼠似的藏在一个小角落里读书或打盹；等他们离开书本的时候，我也就跟着“活跃”起来。

此外，在这里还遇到杨今甫、闻一多、沈从文、卞之琳、陈梦家、朱自清、罗膺中、魏建功、章川岛……诸位文坛老将，好像是到了“文艺之家”。关于这些位先生的事，容我以后随时报告。

三

靛花巷是条只有两三人家的小巷，又狭又脏。可是，巷名的雅美，令人欲忘其陋。

昆明的街名，多半美雅。金马碧鸡等用不着说了，就是靛花巷附近的玉龙堆、先生坡，也都令人欣喜。

靛花巷的附近还有翠湖，湖没有北平的三海那么大，那么富丽，可是，据我看：比什刹海要好一些。湖中有荷蒲；岸上有竹树，颇清秀。最有特色的是猪耳菌，成片地开着花。此花叶厚，略似猪耳，在北平，我们管它叫作凤眼兰，状其花也；花瓣上有黑点，像眼珠。叶翠绿，厚而有光；花则粉中带蓝，无论在日光下，还是月光下，都明洁秀美。

云南大学与中法大学都在靛花巷左右，所以湖上总有不少青年男女，或读书，或散步，或划船。昆明很静，这里最静；月明之夕，到此，谁仿佛都不愿出声。

四

昆明的建筑最似北平，虽然楼房比北平多，可是墙壁的坚厚，椽柱的雕饰，都似“京派”。

花木则远胜北平。北平讲究种花，但夏天日光过烈，冬天风雪极寒，不易把花养好。昆明终年如春，即使不精心培植，还是到处有花。

北平多树，但日久不雨，则叶色如灰，令人不快。昆明的树多且绿，而且树上时有松鼠跳动！入眼浓绿，使人心静，我时时立在楼上远望，老觉得昆明静秀可喜；其实呢，街上的车马并不比别处少。

至于山水，北平也得有愧色，这里，四面是山，滇池五百里——北平的昆明湖才多么一点点呀！山土是红的，草木深绿，绿色盖不住的地方露出几块红来，显出一些什么深厚的力量，教昆明城外到处人感到一种有力的静美。

四面是山，围着平坝子，稻田万顷。海田之间，相当宽的河堤有许多道，都有几十里长，满种着树木。万顷稻，中间画着深绿的线，虽然没有怎样了不起的特色，可也不是怎的总看着像画图。

五

在西南联大讲演了四次。

第一次讲演，闻一多先生做主席。他谦虚地说：大学里总是做研究工作，不容易产出活的文学来……我答以：抗战四年来，文艺写家们发现了许多文艺上的问题，诚恳地去讨论。但是，讨论的第二步，必是研究，否则不易得到结果；而写家们忙于写作，很难静静地坐下去做研究；所以，大学里做研究工作，是必要的，是帮着写家们解决问题的。研究并不是崇古鄙今，而是供给新文艺以有益的参考，使新文艺更坚实起来。譬如说：这两年来，大家都讨论民族形式问题，但讨论的多半是何谓民族形式，与民族形式的源泉何在；至于其中的细腻处，则必非匆匆忙忙的所能道出，而须一项一项地细心研究了。五来，罗莘田先生根据一百首北方俗曲，指出民间诗歌用韵的活泼自由，及十三辙的发展，成为小册。这小册子虽只谈到了民族形式中的一项问题，但是老老实实详详细细地述说，绝非空论。看了这小册子，至少我们会明白十三辙已有相当长久的历史，和它怎样代替了官样的诗韵；至少我们会看出民间文艺的用韵是何等活动，何等大胆——也就增加了我们写作时的勇气。罗先生是音韵学家，可是他的研究结果就能直接有助于文艺的写作，我愿这样的例子一天比一天多起来。

六

正是雨季，无法出游。讲演后，即随莘田下乡——龙泉村。村在郊北，距城约二十里，北大文科研究所在此。冯芝生、罗膺中、钱端升、王了一、陈梦家诸教授都在村中住家。教授们上课去，须步行二十里。

研究所有十来位研究生，生活至苦，用工极勤。三餐无肉，只炒点“地蛋”丝当作菜。我既佩服他们苦读的精神，又担心他们的健康。莘田患恶性摆子，几位学生终日伺候他，犹存古时敬师之道，实为难得。

莘田病了，我就写剧本。

七

研究所在一个小坡上——村人管它叫“山”。在山上远望，可以看见蟠龙江。快到江外的山坡，一片松林，是黑龙潭。晚上，山坡下的村子都横着一些轻雾；驴马带着铜铃，顺着绿堤，由城内回乡。

冯芝生先生领我去逛黑龙潭，徐旭生先生住在此处。此处有唐梅宋柏；旭老的屋后，两株大桂正开着金黄花。唐梅的干甚粗，但活着的却只有二三细枝——东西老了也并不一定好看。

坐在石凳上，旭老建议："中秋夜，好不好到滇池去看月；包一条小船，带着乐器与酒果，泛海竟夜。"商议了半天，毫无结果。（一）船价太贵。（二）走到海边，已须步行二十里，天亮归来，又须走二十里，未免太苦。（三）找不到会玩乐器的朋友。看滇池月，非穷书生所能办到的呀！

八

中秋。莘田与我出了点钱，与研究所的学员们过节。吴晓铃先生掌灶，大家帮忙，居然做了不少可口的菜。饭后，在院中赏月，有人唱昆曲。午间，我同两位同学去垂钓，只钓上一二条寸长的小鱼。

九

莘田病好了一些。我写完了话剧《大地龙蛇》的前二幕。约了膺中、了一和众研究生，来听我朗读。大家都给了些很好的意见，我开始修改。

对文艺，我实在不懂得什么，就是愿意学习，最快活的，就是写得了一些东西，对朋友们朗读，而后听大家的批评。一个人的脑子，无论怎样的缜密，也不能教作品完全没有漏隙，而旁观者清，不定指出多少窟窿来。

十

从文和之琳约上呈贡——他们住在那里，来校上课须坐火车。莘田病刚好，不能陪我去，只好作罢。我继续写剧本。

十一

岗头村距城八里，也住着不少的联大的教职员。我去过三次，无论由城里去，还是由龙泉村去，路上都很美。走二三里，在河堤的大树下，或在路旁的小茶馆，休息一下，都使人舍不得走开。

村外的小山上，有涌泉寺，和其他的云南的寺院一样，庭中有很大的梅树和桂树。桂树还有一株开着晚花，满院都是香的。庙后有泉，泉水流到寺外，成为小溪；溪上盛开着秋葵和说不上名儿的香花，随便折几枝，就够插瓶的了。我看到一两个小女学生在溪畔端详哪枝最适于插瓶——涌泉寺里是南菁中学。

在南菁中学对学生说了几句话。我告诉他们：各处缠足的女子怎样在修路，抬土，做着抗建的工作。章川岛先生的小女儿下学后，告诉她爸爸："舒伯伯挖苦了我们的脚！"

十二

离龙泉村五六里，为凤鸣山。出上有庙，庙有金殿——一座小殿，全用铜筑。山与庙都没什么好看，倒是遍山青松，十分幽丽。

云南的松柏结果都特别的大。松塔大如菠萝，柏实大如枣。松子几乎代替了瓜子，闲着没事的时候，大家总是买些松子吃着玩，整船的空的松塔运到城中；大概是作燃料用，可是凤鸣山的青松并没有松塔儿，也许是另一种树吧，我叫不上名字来。

十三

在龙泉树，听到了古琴。相当大的一个院子，平房五六间。顺着墙，丛丛绿竹。竹前，老梅两株，瘦硬的枝子伸到窗前。巨杏一株，阴遮半院。绿荫下，一案数椅，彭先生弹琴，查先生吹箫；然后，查先生独奏大琴。

在这里，大家几乎忘了一切人世上的烦恼！

这小村多么污浊呀，路多年没有修过，马粪也数月没有扫除过，可是在这有琴音梅影的院子里，大家的心里却发出了香味。

查阜西先生精于古乐。虽然他与我是新识，却一见如故，他的音乐好，为人也好。他有时候也作点诗——即使不作诗，我也要称他为诗人呵！

与他同院住的是陈梦家先生夫妇，梦家现在正研究甲骨文。他的夫人，会几种外国语言，也长于音乐，正和查先生学习古琴。

十四

在昆明两月，多半住在乡下，简直的没有看见什么。城内与郊外的名胜几乎都没有看到。战时，古寺名山多被占用；我不便为看山访古而去托人情，连最有名的西山，也没有能去。在城内靛花巷住着的时候，每天我必倚着楼窗远望西山，想象着由山上看滇池，应当是怎样的美丽。山上时有云气往来，昆明人说："有雨无雨看西山。"山峰被云遮住，有雨，峰还外露，虽别处有云，也不至有多大的雨。此语，相当的灵验。西山，只当了我的阴晴表，真面目如何，恐怕这一生也不会知道了；哪容易再得到游昆明的机会呢！

到城外中法大学去讲演了一次，本来可以顺脚去看筑竹寺的五百罗汉塑像。可是，据说也不能随便进去，况且，又落了雨。

连城内的园通公园也只可游览一半，不过，这一半确乎值得一看。建筑的大方，或较北平的中山公园还好一些；至于石树的幽美，则远胜之，因为中山公园太"平"了。

同查阜西先生逛了一次大观楼。楼在城外湖边，建筑无可观，可是水很美。出城，坐小木船。在稻田中间留出来的水道上慢慢地走。稻穗黄，芦花已白，田坝旁边偶而还有几穗凤眼兰。远处，万顷碧波，缓动着风帆——到昆阳去的水路。

大观楼在公园内，但美的地方却不在园内，而在园外。园外是滇池，一望无际。湖的气魄，比西湖与颐和园的昆明池都大得多了。在城市附近，有这么一片水，真使人狂喜。湖上可以划船，还有鲜鱼吃。我们没有买舟，也没有吃鱼，只在湖边坐了一会儿看水。天上白云，远处青山，眼前是一湖秋水，使人连诗也懒得作了。作诗要去思索，可是美景把人心融化在山水风花里，像感觉到一点什么，又好像茫然无所知，恐怕坐湖边的时候就有这种欣悦吧？在此际还要寻词觅字去作诗，也许稍微笨了一点。

十五

剧本写完，今年是我个人的倒霉年。春初即患头晕，一直到夏季，几乎连一个字也没有写。没想到，在昆明两月，倒能写成这一点东西——好坏是另一问题，能动笔总是件可喜的事。

十六

剧本既已写成，就要离开昆明，多看一些地方。从文与之琳约上呈贡，因为莘田病初好，不敢走路，没有领我去，只好延期。我很想去，一来是听说那里风景很好，二来是要看看之琳写的长篇小说！——已经写了十几万字，还在继续地写。

十七

查阜西先生愿陪我去游大理。联大的友人们虽已在昆明二三年，还很少有到过大理的。大家都盼望我俩的计划能实现。于是我们就分头去接洽车子。

有几家商车都答应了给我们座位，我们反倒难于决定坐哪一家的了。最后，决定坐吴晓铃先生介绍的车，因为一行四部卡车，其中的一位司机是他的弟弟。兄弟俩一定教我们坐那部车，而且先请我们吃了饭，吃饭的时候，我笑着说："这回，司机可教黄鱼给吃了！"

十八

一上了滇缅公路，便感到战争的紧张；在那静静的昆明城里，除了有空袭的时候，仿佛并没有什么战争与患难的存在。在我所走过的公路中，要算滇缅公路最忙了，车，车，车，来的，去的，走着的，停着的，大的，小的，到处都是车！我们所坐的车子是商车，这种车子可以搭一两个客，客人按公路交通车车价十分之二买票。短途搭脚的客人，只乘三五十里，不经过检查站，便无须打票，而做黄鱼；这是司机车的一笔"外找"。官车有押车的人，黄鱼不易上去，这批买卖多半归商车做。商车的司机薪水既高，公物安全的到达，还有奖金；薪水与奖金凑起来，已近千元，此外且有外找，差不多一月可以拿到两三千元。因为入款多，所以他们开车极仔细可靠。同时，他们也敢享受。公家车子的司机待遇没有这么高，而到处物价都以商车司机的阔气为标准，所以他们开车便理直气壮。据说，不久的将来，沿途都要为司机们设立招待所，以低廉的取价，供给他们相当舒适的食宿，使他们能饱食安眠，得到一些安慰。我希望这计划能早早实现！

第一天，到晚八时余，我们才走了六十三公里！我们这四部车没有押车的，因为押车的既没法约束司机，跟来是自讨无趣，而且时时耽误了工夫——一与司机冲突，则车不能动——一到时候交不上货去。押车员的地位，被司机的班长代替了，而这位班长绝对没有办事的能力。已走出二十公里，他忘记了交货证；回城去取。又走了数里，他才想起，没有带来机油，再回去取来！商车，假若车主不是司机出身，只有赔钱！

六十三公里的地方，有一家小饭馆，一位广东老人，不会说云南话，也不会说任何异于广东话的言语，做着生意。我很替他着急，他却从从容容地把生意做了，广东人的精神！

没有旅馆，我们住在一家人家里。房子很大，院中极脏。又赶上落了一阵雨，到处是烂泥，不幸而滑倒，也许跌到粪堆里去。

十九

第二天一早动身，过羊老哨，开始领略出滇缅路的艰险。司机介绍，从此到下关，最险的是坝山坡和天子庙，一上一下都有二十多公里。不过，这样远都是小坡，真正危险的地方还须过下关才能看到；有的地方，一上要一整天，一下又要一整天！

山高弯急，比川陕与西兰公路都更险恶。说到这里，也就难怪司机们要享受一点了，这是玩命的事啊！我们的司机，真谨慎：见迎面来车，马上停住让路；听后面有响声，又立刻停住让路；虽然他开车的技巧很好，可是一点也不敢大意。遇到大坡，车子一步一哼，不肯上去，他探着身（他的身量不高），连眼皮似乎都不敢眨一眨。我看得出来，到下午三四点钟的时候，他已经有点支持不住了。

在禄丰打尖，开铺子的也多是广东人。县城距公路还有二三里路，没有工夫去看。打尖的地方是在公路旁新辟的街上。晚上宿在镇南城外一家新开的旅舍里，什么设备也没有，可是住满了人。

二十

第三天经过圾山坡及天子庙两处险坡。终日在山中盘旋。山连山，看不见村落人烟。有的地方，松柏成林；有的地方，却没有多少树木。可是，没有树的地方，也是绿的，不像北方大山那样荒凉。山大都没有奇峰，但浓翠可喜；白云在天上轻移，更教青山明媚。高处并不冷，加以车子越走越热，反倒要脱去外衣了。

晚上九点，才到下关车站。几乎找不到饭吃，因为照规矩须在日落以前赶到，迟到的便不容易找到东西吃了。下关在高处，车子都停在车站。站上的旅舍饭馆差不多都是新开的，既无完好的设备，价钱又高，表示出“专为赚钱，不管别的”的心理。

公路局设有招待所，相当的洁净，可是很难有空房。我们下了一家小旅舍，门外没有灯，门内却有一道臭沟，一进门我就掉在沟里！楼上一间大屋，设床十数架，头尾相连，每床收钱三元。客人们要有两人交谈的，大家便都需陪着不睡，因为都在一间屋子里。

这样的旅舍要三元一铺，吃饭呢，至少须花十元以上，才能吃饱。司机者的花费，即使是绝对规规矩矩，一天也要三四十元咧。

二十一

下关的风，上关的花，苍山的雪，洱海的月，为大理四景。据说下关的风虽多，而不进屋子。我们没遇上风，不知真假。我想，不进屋子的风恐怕不会有，也许是因这一带多地震，墙壁都造得特别厚，所以屋中不大受风的威胁吧。早晨，车子都开了走，下关便很冷静；等到下午五六点钟的时候，车子都停下，就又热闹起来。我们既不愿白日在旅馆里呆坐，也不喜晚间的嘈杂，便马上决定到喜洲镇去。

由下关到大理是三十里，由大理到喜洲镇还有四十五里。看苍山，以在大理为宜；可是喜洲镇有我们的朋友，所以决定先到那里去。我们雇了两乘滑竿。

这里抬滑竿的多数是四川人。本地人是不愿卖苦力气的。

离开车站，一拐弯便是下关。小小的一座城，在洱海的这一端，城内没有什么可看的。穿出城，右手是洱海，左手是苍山，风景相当的美。可惜，苍山上并没有雪；按轿夫说，是几天没下雨，故山上没有雪——地上落雨，山上就落雪，四季皆然。

到处都有流水，是由苍山流下的雪水。缺雨的时候，即以雪水灌田，但是须向山上的人购买；钱到，水便流过来。

沿路看到整齐坚固的房子，一来是因为防备地震，二来是石头方便。

在大理城内打尖。长条的一座城，有许多家卖大理石的铺子。铺店的牌匾也有用大理石做的，圆圆的石块，嵌在红木上，非常的雅致。城中看不出怎样富庶，也没有多少很体面的建筑，但是在晴和的阳光下，大家从从容容地做着事情，使人感到安全静美。谁能想到，这就是杜文秀抵抗清兵十八年的地方啊！

太阳快落了，才看到喜洲镇。在路上，被日光晒得出了汗；现在，太阳刚被山峰遮住，就感到凉意。据说，云南的天气是一岁中的变化少，一月中的变化多。

二十二

洱海并不象我们想象的那么美。海长百里，宽二十里，是一个长条儿，长而狭便一览无余，缺乏幽远或苍茫之气；它像一条河，不像湖。还有，它的四面都是山，可是山——特别是紧靠湖岸的——都不很秀，都没有多少树木。这样，眼睛看到湖的彼岸，接着就是些平平的山坡了；湖的气势立即消散，不能使人凝眸伫视——它不成为景！

湖上的渔帆也不多。

喜洲镇却是个奇迹。我想不起，在国内什么偏僻的地方，见过这么体面的市镇，远远的就看见几所楼房，孤立在镇外，看样子必是一所大学校。我心中暗喜；到喜洲来，原为访在华中大学的朋友们；假若华中大学有这么阔气的楼房，我与查先生便可以舒舒服服地过几天了。及仔细一打听，才知道那是五台中学，地方上士绅捐资建筑的，花费了一百多万，学校正对着五台高峰，故以五台名。

一百多万！是的，这里的确有出一百多万的能力。看，镇外的牌坊，高大，美丽，通体是大理石的，而且不止一座呀！

进到镇里，仿佛是到了英国的剑桥，街旁到处流着活水：一出门，便可以洗菜洗衣，而污浊立刻随流而逝。街道很整齐，商店很多。有图书馆，馆前立着大理石的牌坊，字是贴金的！有警察局。有像王宫似的深宅大院，都是雕梁画柱。有许多祠堂，也都金碧辉煌。

不到一里，便是洱海。不到五六里便是高山。山水之间有这样的一个镇市，真是世外桃源啊！

二十三

华中大学却在文庙和一所祠堂里。房屋又不够用，有的课室只像卖香烟的小棚子。足以傲人的，是学校有电灯。校车停驶，即利用车中的马达磨电。据说，当电灯初放光明的时节，乡人们“不远千里而来”“观光”。用不着细说，学校中一切的设备，都可以拿这样的电灯作象征——设尽方法，克服困难。

教师们都分住在镇内，生活虽苦，却有好房子住。至不济，还可以租住阔人们的祠堂，即连壁上都嵌着大理石的祠堂。

四年前，我离家南下，到武汉便住在华中大学。隔别三载，朋友们却又在喜洲相见，是多么快活的事呀！住了四天，天天有人请吃鱼：洱海的鱼拿到市上还欢跳着。“留神破产呀！”客人发出警告。可是主人们说：“谁能想到你会来呢？破产也要痛快一下呀！”

我给学生们讲演了三个晚上，查先生讲了一次。五台中学也约去讲演，我很怕小学生们不懂我的言语，因为学生们里有的是讲民家话的。民家话属于哪一语言系统，语言学家们还正在讨论中。在大理城中，人们讲官话，城外便要说民家话了。到城里做事和卖东西的，多数的人只能以官话讲价钱，和说眼前的东西的名称，其余的便说不上来了。所谓“民家”者，对官家军人而言，大概在明代南征的时候，官吏与军人被称为官家与军家，而原来的居民便成了民家。

民家人是谁？民家语是属于哪一系统？都有人正在研究。民家人的风俗、神话、历史，也都有研究的价值。云南是学术研究的宝地，人文而外，就单以植物而言，也是兼有温带与寒带的花木啊。

二十四

游了一回洱海，可惜不是月夜。湖边有不少稻田，也有小小的村落。阔人们在海中建起别墅别有天地。这些人是不是发国难财的，就不得而知了。

也游了一次山，山上到处响着溪水，东一个西一个的好多水磨。水比山还好看！苍山的积雪化为清溪，水浅绿，随处在石块左右，翻起白花，水的声色，有点像瑞士的。

山上有罗刹阁。菩萨化为老人，降伏了恶魔罗刹父子，压于宝塔之下。这类的传说，显然是佛教与本土的神话混合而成的。经过分析，也许能找出原来的宗教信仰，与佛教输入的情形。

二十五

此地，妇女们似乎比男人更能干。在田里下力的是妇女，在场上卖东西的是妇女，在路上担负粮柴的也是妇女。妇女，据说，可以养着丈夫，而丈夫可以在家中安闲地享福。

妇女的装束略同汉人，但喜戴些零七八碎的小装饰。很穷的小姑娘老太婆，尽管衣裙破旧，也戴着手镯。草帽子必缀上两根红绿的绸带。她们多数是大足，但鞋尖极长极瘦，鞋后跟钉着一块花布，表示出也近乎缠足的意思。

听说她们很会唱歌，但是我没有听见一声。

二十六

由喜洲回下关，并没在大理停住，虽然华中的友人给了我们介绍信，在大理可以找到住处。大理是游苍山的最合适的地方。我们所以直接回下关者，一来因为不愿多打扰生朋友，二来是车子不好找，须早为下手。

回到下关，范会连先生来访，并领我们去洗温泉。云南这一带温泉很多，而且水很热。我们洗澡的地方，安有冷水管，假若全用泉水，便热得下不去脚了。泉下，一个很险要的地方，两面是山，中间是水，有一块碑，刻着汉诸葛武侯擒孟获处。碑是光绪年间立的，不知以前有没有？

范先生说有小车子回昆明，教我们乘搭。在这以前，我们已交涉好滇缅路交通车，即赶紧辞退，可是，路局的人员约我去演讲一次。他们的办公处，在湖边上，一出门便看见山水之胜。小小的一个俱乐部，里面有些书籍。职员之中，有些很爱好文艺的青年。他们还在下关演过话剧。他们的困难是找不到合适的剧本。他们的人少，服装道具也不易置办，而得到的剧本，总嫌用人太多，场面太多，无法演出。他们的困难，我想，恐怕也是各地方的热心戏剧宣传者的困难吧，写剧的人似乎应当注意及此。

讲演的时候，门外都站满了人。他们不易得到新书，也不易听到什么，有朋自远方来，当然使他们兴奋。

在下关旅舍里，遇见一位新由仰光回来的青年，他告诉我：海外是怎样的需要文艺宣传。有位“常任侠”——不是中大的教授——声言要在仰光等处演戏，需钱去接来演员。演员们始终没来一个，而常君自己已骗到手十多万！

二十七

小车子一天赶了四百多公里，早六时半出发，晚五时就开到了昆明。

预备做两件事：一件是看看滇戏，一件是上呈贡。滇戏没看到，因为空袭的关系，已很久没有彩唱，而只有“坐打”。呈贡也没去成。预定十一月十四日起身回渝，十号左右可去呈贡，可是忽然得到通知，十号可以走，破坏了预定计划。

十日，恋恋不舍地辞别了众朋友。

山西通信

林徽因

××××：

居然到了山西，天是透明的蓝，白云更流动得使人可以忘记很多的事，单单在一点什么感情底下，打滴溜转；更不用说到那山山水水，小堡垒，村落，反映着夕阳的一角庙，一座塔！景物是美得到处使人心慌心痛。

我是没有出过门的，没有动身之前不容易动，走出来之后却就不知道如何流落才好。旬日来眼看去的都是图画，日子都是可以歌唱的古事。黑夜里在山场里看河南来到山西的匠人，围住一个大红炉子打铁，火花和铿锵的声响，散到四围黑影里去。微月中步行寻到田陇废庙，划一根"取灯"偷偷照看那瞭望观音的脸，一片平静。几百年来，没有动过感情的，在那一闪光底下，倒像挂上一缕笑意。

我们因为探访古迹走了许多路；在种种情形之下感慨到古今兴废。在草丛里读碑碣，在砖堆中间偶然碰到菩萨的一只手一个微笑，都是可以激动起一些不平常的感觉来的。乡村的各种浪漫的位置，秀丽天真；中间人物维持着老老实实的鲜艳颜色，老的扶着拐杖，小的赤着胸背，沿路上点缀的，尽是他们明亮的眼睛和笑脸。由北平城里来的我们，东看看，西走走，夕阳背在背上，真和掉在另一个世界里一样！云块，天，和我们之间似乎失掉了一切障碍。我乐时就高兴地笑，笑声一直散到对河对山，说不定哪一个林子，哪一个村落里去！我感觉到一种平坦，竟许是辽阔，和地面恰恰平行着舒展开来，感觉的最边沿的边沿，和大地的边沿，永远赛着向前伸……

我不会说，说起来也只是一片疯话人家不耐烦听。以我描写一些实际情形我又不大会，总而言之，远地里，一处田亩有人在工作，上面青的，黄的，紫的，分行地长着；每一处山坡上，有人在走路，放羊，迎着阳光，背着阳光，投射着转动的光影；每一个小城，前面站着城楼，旁边睡着小庙，那里又托出一座石塔，神和人，都服帖的，满足的，守着他们那一角天地，近地里，则更有的是热闹，一条街里站满了人，孩子头上梳着三个小辫子的，四个小辫子的，乃至于五六个小辫子的，衣服简单到只剩一个红兜肚，上面隐约也总有他嬷嬷挑的两三朵花！

娘娘庙前面树荫底下，你又能阻止谁来看热闹？教书先生出来了，军队里兵卒拉着马过来了，几个女人娇羞地手拉着手，也扭着来站在一边了，小孩子争着挤，看我们照相，拉皮尺量平面，教书先生帮忙我们拓碑文。说起来这个那个庙，都是年代可多了，什么时候盖的，谁也说不清了！说话之人来得太多，我们工作实在发生困难了，可是我们大家都顶高兴的，小孩子一边抱着饭碗吃饭，一边睁着大眼看，一点子也不松懈。

我们走时总是一村子的人来送的，儿媳妇指着说给老婆婆听，小孩们跑着还要跟上一段路。开栅镇，小相村，大相村，哪一处不是一样的热闹，看到北齐天保三年造像碑，我们不小心的，漏出一个惊异的叫喊，他们乡里弯着背的，老点儿的人，就也露出一个得意的微笑，知道他们村里的宝贝，居然吓着这古怪的来客了。“年代多了吧。”他们骄傲地问。“多了多了，”我们高兴地回答，“差不多一千四百年了。”“呀，一千四百年！”我们便一齐骄傲起来。

我们看看这里金元重修的，那里明季重修的殿宇，讨论那式样做法的特异处，塑像神气，手续，天就渐渐黑下来，嘴里觉到渴，肚里觉到饿，才记起一天的日子圆圆整整的就快结束了。回来躺在床上，绮丽鲜明的印象仍然挂在眼睛前边，引导着种种适意的梦，同时晚饭上所吃的菜蔬果子，便给养充实着，我们明天的精力，直到一大颗太阳，红红的照在我们的脸上。

巴黎的书摊

戴望舒

在滞留巴黎的时候，在羁旅之情中可以算作我的赏心乐事的有两件：一是看画，二是访书。在索居无聊的下午或傍晚，我总是出去，把我迟迟的时间消磨在各画廊中和河沿上。关于前者，我想在另一篇短文中说及，这里，我只想来谈一谈访书的情趣。

其实，说是“访书”，还不如说在河沿上走走或在街头巷尾的各旧书铺进出而已。我没有要觅什么奇书孤本的蓄心，再说，现在已不是在两个铜元一本的木匣里翻出一本 Patissier francois 的时候了。我之所以这样做，无非为了自己的癖好，就是摩挲观赏一回空手而返，私心也是很满足的，况且薄暮的塞纳河又是这样的窈窕多姿！

我寄寓的地方是 Rue de L’Echaude’，走到塞纳河边的书摊，只需沿着塞纳路步行约摸三分钟就到了。但是我不大抄这近路，这样走的时候，塞纳路上的那些画廊总会把我的脚步牵住的，再说，我有一个从头看到尾的癖，我宁可兜远路顺着约可伯路、大学路一直走到巴克路，然后从巴克路走到王桥头。

塞纳河左岸的书摊，便是从那里开始的，从那里到加路赛尔桥，可以算是书摊的第一个地带，虽然位置在巴黎的贵族的第七区，却一点也找不出冠盖的气味来。在这一地带的书摊，大约可以分这几类：第一是卖廉价的新书的，大都是各书店出清的底货，价钱的确公道，只是要你会还价，例如旧书铺里要卖到五六百法郎的勒纳尔（J.Renard）的《日记》，在那里你只需花二百法郎光景就可以买到，而且是崭新的。我的加梭所译的赛尔房德思的《模范小说》，整批的《欧罗巴杂志丛书》，便都是从那儿买来的。这一类书在别处也有，只是没有这一带集中吧。其次是卖英文书的，这大概和附近的外交部或奥莱昂车站多少有点关系吧。可是这些英文书的买主却并不多，所以花两三个法郎从那些冷清清的摊子里把一本初版本的《万牲园里的一个人》带回寓所去，这种机会，也是常有的。第三是卖地道的古版书的，十七世纪的白羊皮面书，十八世纪饰花的皮脊书等等，都小心地盛在玻璃的书柜里，上了锁，不能任意地翻看，其他价值较次的古书，则杂乱地在木匣中堆积着，对着这一大堆你挨我挤着的古老的东西，真不知道如何下手。这种书摊前比较热闹一点，买书的大多数是中年人或老人。这些书摊上的书，如果书摊主是知道值钱的，你便会被他敲了去，如果他不识货，你便占了便宜来。我曾经从那一带的一位很精明的书摊老板手里，花了五个法郎买到一本一七六五年初版本的 Du Laurens 的 *Imirce*，至今犹有得意之色：第一因为 *Imirce* 是一部禁书，其次这价钱实在太便宜也。第四类是卖淫书的，这种书摊在这一带上只有一两个，而所谓淫书者，实际也仅仅是表面的，骨子里并没有什么了不得，大都是现代人的东西，写来骗骗人的。记得靠近王桥的第一家书摊就是这一类的，老板娘是一个四五十岁的虔婆，当我有一回逗留了一下的时候，她就把我当作好主顾而怂恿我买，使我留下极坏的印象，以后就敬而远之了。其实那些地道的“珍秘”的书，如果你不愿出大价钱，还是要费力气角角落落去寻的，我曾在一家犹太人开的破货店里一大堆废书中，翻到过一本原文的Cleland的*Fanny Hill*，只出了一个法郎买回来，真是意想不到的事。

从加路赛尔桥到新桥，可以算是书摊的第二个地带。在这一带，对面的美术学校和钱币局的影响是显著的。在这里，书摊老板是兼卖板画图片的，有时小小的书摊上挂得满目琳琅，原张的蚀雕、从书本上拆下的插图、戏院的招贴、花卉鸟兽人物的彩图、地图、风景片，大大小小各色俱全，反而把书列居次位了。在这些书摊上，我们是难得碰到什么值得一翻的书的，书都破旧不堪，满是灰尘，而且有一大部分是无用的教科书、展览会和画商拍卖的目录。此外，在这一带我们还可以发现两个专卖旧钱币纹章等而不卖书的摊子，夹在书摊中间，作一个很特别的点缀。这些卖画卖钱币的摊子，我总是望望然而去之的（记得有一天一位法国朋友拉着我在这些钱币摊子前逗留了长久，他看得津津有味，我却委实难受，以后到河沿上走，总不愿和别人一淘了），然而在这一带却也有一两个很好的书摊子。一个摊子是一个老年人摆的，并不是他的书特别比别人丰富，却是他为人特别和气，和他交易，成功的回数居多。我有一本高克多（Cocteau）亲笔签字赠给诗人费尔囊·提华尔（Fernand Divoire）的*Le Grund Ecurt*，便是从他那儿以极廉的价钱买来的，而我在加里马尔书店买的高克多亲笔签名赠给诗人法尔格（Fargue）

的初版本 *Opéra*，却使我花了七十法郎。但是我相信这是他错给我的，因为书是用蜡纸包封着，他没有拆开来看一看；看见了那献辞的时候，他也许不会这样便宜卖给我。另一个摊子是一个青年人摆的，书的选择颇精，大都是现代作品的初版和善本，所以常常得到我的光顾。我只知道这青年人的名字叫昂德莱，因为他的同行们这样称呼他，人很圆滑，自言和各书店很熟，可以弄得到价廉物美的后门货，如果顾客指定要什么书，他都可以设法。可是我请他弄一部《纪德全集》，他始终没有给我办到。

可以划在第三地带的是从新桥经过圣米式尔场到小桥这一段。这一段是塞纳河左岸书摊中最繁荣的一段。在这一带，书摊都比较整齐一点，而且方面也多一点，太太们家里没事想到这里来找几本小说消闲，也有；学生们贪便宜想到这里来买教科书参考书，也有；文艺爱好者到这里来寻几本新出版的书，也有；学者们要研究书，藏书家要善本书，猎奇者要珍秘书，都可以在这一带满意而回。在这一带，书价是要比他处高一些，然而总比到旧书铺里去买便宜。健吾兄觅了长久才在圣米式尔大场的一家旧书店中觅到了一部《龚果尔日记》，花了六百法郎喜欣欣地捧了回去，以为便宜万分，可是在不久之后我就在这一带的一个书摊上发现了同样的一部，而装订却考究得多，索价就只要二百五十法郎，使他悔之不及。可是这种事是可遇而不可求的，跑跑旧书摊的人第一不要抱什么一定的目的，第二要有闲暇有耐心，翻得有劲儿便多翻翻，翻倦了便看看街头熙来攘往的行人，看看旁边塞纳河静静的逝水，否则跑得腿酸汗流，眼花神倦，还是一场没结果回去。话又说远了，还是来说这一带的书摊吧。我说这一带的书较别带为贵，也不是胡说的，例如整套的 *Echanges* 杂志，在第一地带中买只需十五个法郎，这里却一定要二十个，少一个不卖；当时新出版原价是二十四法郎的 Céline 的 *Voyage au bout de la nuit*，在那里买也非十八法郎不可，竟只等于原价的七五折。这些情形有时会令人生气，可是为了要读，也不得不买回去。价格最高的是靠近圣米式尔场的那两个专卖教科书参考书的摊子。学生们为了要用，也不得不硬了头皮去买，总比买新书便宜点。我从来没有做过这些摊子的主顾，反之他们倒做过我的主顾。因为我用不着的参考书，在穷极无聊的时候总是拿去卖给他们的。这里，我要说一句公平话：他们所给的价钱的确比李倍尔书店高一点。这一带专卖近代善本书的摊子只有一个，在过了圣米式尔场不远快到小桥的地方。摊主是一个不大开口的中年人，价钱也不算顶贵，只是他一开口你就莫想还价：就是答应你还也是相差有限的，所以看着他陈列着的《泊鲁思特全集》，插图的《天方夜谭》全译本，Chirico 插图的阿保里奈尔的 *Calligrammes*，也只好眼红而已。在这一带，诗集似乎比别处多一些，名家的诗集花四五个法郎就可以买一册回去，至于较新一点的诗人的集子，你只要到一法郎或甚至五十生丁的木匣里去找就是了。我的那本仅印百册的 Jean Gris 插图的 Reverdy 的《沉睡的古琴集》，超现实主义诗人 Gui Rosey 的《三十年战争集》等等，便都是从这些廉价的木匣子里翻出来的。还有，我忘记说了，这一带还有一两个专卖乐谱的书铺，只是对于此道我是门外汉，从来没有去领教过罢了。

从小桥到须里桥那一段，可以算是河沿书摊的第四地带，也就是最后的地带。从这里起，书摊便渐渐地趋于冷落了。在近小桥的一带，你还可以找到一点你所需要的东西，例如有一个摊子就有大批 N.R.F. 和 Crassct 出版的书，可是那位老板娘讨价却实在太狠，定价十五法郎的书总要讨你十二三个法郎，而且又往往要自以为在行，凡是她心目中的现代大作家，如摩里向克、摩洛阿、爱眉（Ayme）等，就要敲你一笔竹杠，一点也不肯让价；反之，像拉尔波、茹昂陀、拉第该、阿朗等优秀作家的作品，她倒肯廉价卖给你。从小桥一带再走过去，便每况愈下了。起先是虽然没有什么好书，但总还能维持河沿书摊的尊严的摊子，以后呢，卖破旧不堪的通俗小说杂志的也有了，卖陈旧的教科书和一无用处的废纸的也有了，快到须里桥那一带，竟连卖破铜烂铁、旧摆设、假古董的也有了；而那些摊子的主人呢，他们的样子和那在下面塞纳河岸上喝劣酒、钓鱼或睡午觉的街头巡阅使（Clochard），简直就没有什么大两样。到了这个时候，巴黎左岸书摊的气运已经尽了，你的腿也走乏了，你的眼睛也看倦了，如果你袋中尚有余钱，你便可以到圣日尔曼大街口的小咖啡店里去坐一会儿，喝一杯儿热热的浓浓的咖啡，然后把你沿路的收获打开来，预先摩挲一遍，否则如果你已倾了囊，那么你就走上须里桥去，倚着桥栏，俯看那满载着古愁并饱和着圣母祠的钟声的，塞纳河的悠悠的流水，然后在华灯初上之中，闲步缓缓归去，倒也是一个经济而又有诗情的办法。

说到这里，我所说的都是塞纳河左岸的书摊，至于右岸的呢，虽则有从新桥到沙德莱场，从沙德莱场到市政厅附近这两段，可是因为传统的关系，因为所处的地位的关系，也因为货色的关系，它们都没有左岸的重要。只在走完了左岸的书摊尚有余兴的时候或从卢佛尔（Louvre）出来的时候，我才顺便去走走，虽然间有所获，如查拉的 *L'homme approximatif* 或卢梭（Henri Rousseau）的画集，但这是极其偶然的事；通常，我不是空手而归，便是被那街上的鱼虫花鸟店所吸引了过去。所以，原意去“访书”而结果买了一头红头雀回来，也是有过的事。

南京记趣

张恨水

窥窗山是画

南京是个城市山林，所以袁子才有“爱住金陵为六朝”的句子。若说住金陵为的是六朝那种江南靡靡不振的风气，那我们自然是未敢苟同；但说此地龙盘虎踞之下，还依然秀丽可爱，却实在还不愧是世界上一个名都。就我所写的两都本身而言（这里不涉及政治问题），北平以人为胜，金陵以天然胜；北平以壮丽胜，金陵以纤秀胜，各有千秋。在北平楼居，打开窗子来，是一带远山，几行疏柳，这种现象，除了繁华市区中心，为他家楼门所阻碍（南京尤甚），其余地点，均无例外。我住在南京城北，城北是旷地较多的所在，虽然所居是上海弄堂式的洋楼，却喜我书房的两层楼窗之外，并无任何遮盖。近处有几口池塘，围着塘岸，都有极大的垂柳，把我所讨厌看到的那些江南旧式黑瓦屋脊，全掩饰了。杨柳头上便是东方的钟山，处处在白云下面横拖了一道青影。紫金山那峰顶，是这一列青影的最高处，正伸了头向我窗子里窥探。我每当工作疲倦了，手里捧着一杯新泡的茶，靠着窗口站着，闲闲地远望，很可以轻松一阵，恢复精神的健康。

南京城里北一段，本是丘陵地带，东角由鸡鸣寺顺了玄武湖北上，经过太平门直到下关。西边又由挹江门南下，迤逦成了清凉山、小藏山。所以由新街口以北，是完全环抱在丘陵里的一块盆地。在中山北路来往的人，他们为了新建筑所迷惑，已不见这地形了。我有两个朋友住在新住宅区迤北，中山北路偏西，房子面对着清凉古道，背靠了清凉山的北麓，乃是建筑巨浪所未吞噬及未洋化的一角落，而又保留着六朝佳丽面目的，我去过几回，我羡慕他们，真能享受到南京的好处，只可惜它房子本身却也是欧化了而已。这里是个不高的土山，草木葱茏，须穿过木槿花作篱笆、鹅卵石地面的一条人行道。路外是小溪，是菜园，是竹林，随时可以听到鸟叫，最妙的，就是他们家三面开窗，两面对远山，一面靠近山。近山的竹树和藤萝，把他们的屋子都映绿了。远山却是不分晴雨，都隐约在面前树林上。那主人夸耀着说："我屋子里不用挂山水画，而且是活的书，随时有云和月点缀了成别一种姿势。"这话实在也不假。我曾计划着苦卖三年的文字，在这里盖一所北平式的房屋，快活下半辈子，不想终于是一个梦。

在"八·一三"后，南京已完全笼罩在战争的气氛下，我还到这里来过一趟。由黄叶小树林子下穿出，走着那一条石缝里长出青草的人行长道，路边菜圃短篱上，扁豆花和牵牛花或白或红或蓝，幽静地开着。路头丛树下，有一所过路亭，附着一座小庙，红门板也静静地掩闭在树荫下，路上除了我和同伴，一直向前，卧着一条卵石路，并无行人。我正诧异着感不到火药气，亭子里出来一个摩登少妇，手牵了一个小孩，凝望着树头上的远山（她自然是疏散到此的）。原来半小时前，敌机二十余架，正自那个方向袭来呢。一直到现在，想到清凉古道上朋友之家，我就想到那个不调和的人和地。窗外的远山呀！你现在是谁家的画？

白门之杨柳

在中国词章家熟用的名词里有“白门柳”这个名称。杨柳这样东西，在中国虽是大片土地里有它存在的，可是对于这样东西，却特地联系着成一个专用名词，那实在有点缘故。据我个人在南京得来的经验，南京的山水风月，杨柳陪衬了它不少的姿态。同时，历代的建筑，离不开杨柳，历代的文献，也离不开杨柳。杨柳和南京，越久越亲密。甚至一代兴亡，都可以在杨柳上去体会。所以《桃花扇》上第一折《听稗》劈头就说：“无人处又添几树杨柳。”

南京的杨柳，既大且多，而姿势又各穷其态，在南京曾经住过一个时期的主儿，必能相信我不是夸张。在南京城里，或者还看不到杨柳的众生相，你如果走过南京的四郊，就会觉得扬子江边的杨柳，大群配着江水芦洲，有一种浩荡的雄风；秦淮水上的杨柳两行，配着长堤板桥，有一种绵渺的幽思。而水郭渔村，不成行伍的杨柳，或聚或散，或多或少，远看像一堆翠峰，近看像无数绿幛，鸡鸣犬吠，炊烟夕照，都在这里起落，随时随地是诗意。山地是不适于杨柳的，而南京的山多数是丘陵，又总是带着池沼溪涧，在这里平桥流水之间，长上几株大小杨柳，风景非常的柔媚。这样，就是江南江水了。不但此也，古庙也好，破屋也好，冷巷也好，有那么两三株高大的杨柳，情调就不平凡，这情形也就只有南京极普遍。

杨柳自是点缀春天的植物，其实秋天里在西风下飘零着黄叶，冬天里在冰雪中摇撼枯条，也自有它的情思。而在南京对于杨柳赞美，毋宁说是夏天。屋子门口，有两株高大的杨柳，绿荫就遮了整个院落。它特别不挡风，风由拖着长绿条子的活缝里过来，吹拂到人身上，有一种说不出来的舒适。晚上一轮白月涌上了绿树梢头，照着杨柳堆上的绿浪，在风里摇动，好像无数的绿毛怪兽在跳舞。这还是就家中仅有的杨柳说。如走上一条古老的旧街，鹅卵石的路面，两旁矮矮的土墙店铺，远远的在街头拥上一株古柳，高入云霄，这街头上行人车马稀少，一片蝉声下，撒着一片淡淡的绿荫，这就感到一番古城的幽思。

在南京度过夏天的人，都游过玄武湖。一出了玄武门，就会感到走入了一个清凉世界。而这份清凉，不是面前的湖水和远峙的山峰给予的。正是你一出城门，就踏上一道古柳长干堤，柳树顶尽管撑上天，它下垂的柳枝，却是拖靠了地，拂在水面，拂在行人身上。永远透不进日光的绿浪子，四处吹来着水面清风，这里面就不知有夏。我曾在南京西郊上新河，经过半个夏天，我就有一个何必庐山之感。这里唯一给予人清凉的思物，就是杨柳。出汉西门，在一块平原上四周展望，人围在绿城里，这绿城是什么？就是江边的柳林，镇外的柳林。尤其在月下，这四处的柳林，很像无数小山。我住家所在，门前一道子江，水波不兴，江边一排大柳林，大柳林下，青苔铺路就是我家的竹篱柴门，门里一个院落，又是两株大柳树。屋后一口塘，半亩菜，又是三棵大柳树。左右邻居，不用说，杨柳和池塘。这一幢三进平房整天都在绿荫里，绝没有热到百度（华氏）的气候。我于这半个夏季里，乃知白门杨柳之多，而又多得多么可爱。

日暮过秦淮

在秋初我就说秋初。这个时候的南京，马路上的法国梧桐和洋槐，正撑着一柄绿油油的高伞。你如是住在城北住宅区，推开窗户，望见疏落的竹林，在广阔的草地里抹上一片残阳，六点钟将到，半空已没有火焰。走出大门，左右邻居已开始在马路树荫下溜着水泥路面活动。住宅中间，还不免夹着小花园和菜圃，瓜架上垂着一个个大的黄瓜，秋虫在那里弹着夜之前奏，欢迎着行人。穿上一件薄薄的绸衫，拿了一柄折扇，顺路踏上中山北路，漆着鱼白色的流线型公共汽车，在树荫下光滑的路上停着。你不用排班，更不用争先恐后，可以摇着你手上那柄折扇，缓缓地上车，车中很少没有座位。座椅铺着橡皮椅垫，下面长弹簧，舒适而干净，不少于你家的沙发。花上一角大洋，你是到扬子江边去兜风呢，还是到秦淮河畔去听曲呢？你爱上哪儿就上哪儿。

我不讳言，十次出门有九次是奔城南，也不光为了报社在那儿，新街口有冷气设备的电影院，花牌楼堆着鲜红滴翠的水果公司，那都够吸引人。尤其是秦淮河畔的夫子庙，我的朋友，几乎是“每日更忙须一至，夜深还自点灯来”，总会有机会让你在这里会面。碰头的地点，大概常是馆子里的河厅。有时是新闻圈外的人做主，有时我们也自行聚餐。你别以为这是浪费，在老万全喝啤酒吃的地道南京菜，七八个人不过每人两元的份子。酒醉饭饱，躺在河厅栏杆边的藤椅上，喝着茶嗑着瓜子，迎水风之徐徐，望银河之耿耿，桃叶渡不一定就是古时的桃叶渡，也就够轻松一下子的了。

我们别假惺惺装道学，十个上夫子庙的人，至少有七八个与歌女为友，不过很少人自写供状罢了。南京的歌女，是挂上一块艺人的牌子的，她们当然懂得什么是宣传。所以新闻记者的约会，她们是“惠然肯来”。电炬通明，电扇摇摇之下，她们穿着落红纱衫子，带着一阵浓厚的花香，笑着粉红的脸子，三三两两，加入我们的酒座。我们多半极熟，随便谈着话，还是“舄履交错”。尽管良心在说，难道真打算做个《桃花扇》里人？但是我没有逃席。

九点多钟了，大家出了酒馆，红蓝的霓虹灯光下走上夫子庙前这条街，听着两边的高楼上，弦索鼓板喧闹着歌女的清唱；看到夜咖啡座的门前，一对对的男女出入，脸上涌出没有灵魂的笑，陶醉在温柔乡里，我们敏感的新闻记者，自也有些不怎么舒适似的。然而我们也不免有时走进大鼓书场，听几段大鼓，或在附近露天花园，打上一盘弹子，一混就是十二点钟。原样的公共汽车，已在站上等候，点着雪亮的车灯，又把你送回城北。那时凉风习习，清露满空，绸衫子已挡不住凉，人像在洗冷水澡。住宅区四周的秋虫，在灯光不及处一齐喧鸣，欢迎你在树的阴影下敲着家门。这样的生活，自然没有炎热，也有点像走进了板桥杂记。于今回想起来，不能不说一声罪过。自然别人的生活，比这过得更舒适的，而又不忏悔，我们也无法勉强他。

翁仲揖驴前

在重庆住了七年，大抵夏末秋初，不是亢旱一个时期，就是阴雨一个时期，或者像打摆子一样，两期都有。亢旱暑热得奇怪，阴雨是箱子由里向外长霉，不下于江南的黄梅时节。这让我们回想到江南的秋高气爽，提笔有点悠然神往。

一叶知秋，梧桐是最先怕西风的树。当南京马路两旁的梧桐，叶子变成苍绿色的时候，西风摇撼着树，瑟瑟有声。大日光下，一片小扇面儿似的梧桐叶，会飘然落在你坐的人力车上。抬头看看，那正是初期作家最爱形容的风景，“蔚蓝的天空”。天脚下，闲闲地点缀几片白云。太阳晒在头上不热，风吹在身上又不凉，这就很能引起人的郊游之思。

在中山东路，花两角大洋，可以搭上橡皮坐垫的游览车。车子出中山门，先顺京沪国道，在水泥路面滑上孝陵街，然后兜半个圈子，经伟大的体育场，在小山冈上，在小谷里，到达谭基口，中山陵的东端。下了公共汽车，先有一阵草里的秋虫声欢迎着游客。虽然是郊外，路面修理得那样光滑而整洁，好像有灰布盖着的，在重庆城里绝挑选不出来这样的一段路。顺路走向中山陵下，在树荫下豁然开朗，白石面的广场，树立着白色的牌坊。向北看十余丈宽的场面，无数的玉石台阶，层层而起，雄丽整洁，直伸入半云。最上层蓝色琉璃瓦的寝殿屋角一方翘起，寝殿后的紫金山，穿着毛茸茸的苍绿秋袍，巍峨天际，在三方拥抱了这寝殿，永护着中山先生在天之灵。在南方的小山冈，一层一层地铺排着。若是走在这台阶半中间向下俯瞰，便觉着有万象朝宗之况。描写中山陵的文章太多了，这里座谈无须多说。谒陵以后，你若是嫌山苍深处的谭基园林反而游人太多，可以去那游人较少的明孝陵。碰巧在公路之外，遇到几个赶牲口的，骑上小毛驴，踏着深草荒径，望了绿森森树林外一堵红墙走去。你在天高日晶之下，北仰高峰，南望平陵，鞭外的松涛，蹄下的草色，自然有一种苍苍莽莽的幽思。这里也无须去形容孝陵风景。孝陵外，野茶馆里，面对了山野，喝上了一壶茶，吃几个茶盐蛋，消磨了半天。在一抹斜阳之外，骑驴回去，走上荒草疏林，路边一对一对的大翁仲，拱着大袖子，抱了石笏，对你拱立。他不会说话，但在他的面容上，石痕斑驳，已告诉你五百年前，他已饱经沧桑了。假如你是个诗人，是个画家，是个文人，这一次你就不会白跑。

秋意侵城北

中秋快来了，在北平老早给我们一个报信的，是泥塑兔儿爷，而在南京呢，却是大香斗。虽然大香斗摆列在香烛店柜台上，不如兔儿爷摆在每条胡同儿的零食摊上那样有趣，但在我们看到大香斗之后，似乎就有一种“烟士披里纯”钻进文字匠人的脑子。中国的节令，没有再比中秋更富于诗意的。它给人以欢乐，它给人以幽思，它给人以感慨，甚至它给人以悲哀。所以看到大香斗之后，因着各人的环境之不同，也就会各有各的感想。

天气是凉了，长江大轮的大餐间，把在庐山避暑的先生太太小姐们，一批一批地载回南京。首先是电影院表示欢迎之忱，在报上登着放映广告；其次是水果公司，将北方的山梨，良乡栗，天津葡萄，南方的新会柚子，台湾香蕉，怀远石榴，五颜六色，陈列在铺面平架上。自然，这些玩意儿，上海更多更好，可是在上海里表现着，在空气里缺少那么一点儿悠闲滋味。譬如，太平路花牌楼是最热闹的地区了，但你经过那里，你也不会感到动乱，街两旁的法国梧桐和刺槐，零落地飘着秋叶儿，人行路上，有树荫而树荫不浓，我们披一件旧绸衫，穿一双软底鞋，顺着水泥路面溜达。在清亮而柔和的阳光下，街上虽有几个汽车跑来跑去，没有灰土，也没有多大声音，在街这边瞧见街那边的朋友，招招手就可以同行在一处，只有北平的王府井大街，成都的春熙路可相仿佛。上海的霞飞路也会给人一点秋意的，然而洋气太重。

我必须歌颂南京城北，它空旷而萧疏，生定了是合于秋意的。过了鼓楼中山北路，两行半黄半绿的树影划破了广大的平畴，两旁有三三五五的整齐房屋，有三三五五的竹林，有三三五五的野塘，也有不成片段的菜圃和草地。东面一列城墙，围抱了旧台城鸡鸣寺，簇拥着一丛树林和一角鼓楼小影，偶然会有一声奇钟的响声，当空传来。钟山的高峰，远远在天脚下，俯瞰着这一片城池。在城里看到不多的山，这是江南少有的景致。（重庆的山近了，又太多了，不知怎么着，没有诗意。）城墙是大美观玩意儿，而台城这一段墙，却在外（后湖）看也好，在里看也好，难道我有一点偏见吗？

三牌楼一带，当然是一般人最熟识的地方，而那附近就保存了不少老南京意味。湖北路北段，一条小马路，在竹林里面穿过来，绕一个弯儿到丁家桥，俨然在郊外到了一个市镇。记不得是哪个方向，那里有家茶馆，门口三株大柳树高入云霄，门临着一片敞地，半片竹林，我和她散步有点倦，就常在这里歇腿，泡一壶清茶（安徽毛尖），清坐一会儿，然后在附近切两角钱盐水鸭子，包五分钱椒盐花生米，向门口烧饼桶上买两三个朝排子烧饼，饱啖一顿才买一把桂花，在一段青草沿边的水泥马路上，顺了槐柳树影，踏着落叶回家。

顽萝幽古巷

我在南京时，住在城北。因为城北的疏旷、干燥、爽达，比较适于我的性情。虽然有些地方过分的欧化（其实是上海化），为了城市山林的环境，尚无大碍。我们有一部分朋友，却是爱城南住城南的。还记得有两次，慧剑兄在《朝副》上，发表过门东门西专刊，字里行间，憧憬着过去的旧街旧巷，大有诗意。因此，我也常为着这点诗意，特地去拜访城南朋友。还有两次，发了傻劲，请道地南京文人张萃庐兄导引，我游城南冷街两整天。我觉得不是雨淋泥滑，在秋高气爽之下，那些冷巷的确也能给予我们一种文艺性的欣赏。

我必须声明，这欣赏绝不是六代豪华遗迹，也不是六朝烟水气。它是荒落、冷静、萧疏、古老、冲淡、纤小、悠闲。许许多多，与物质文明巨浪吞蚀了的大半个南京处处对照，对照得让人感到十分有趣。我们越过秦淮河，把那些王谢燕子所迷恋的桃叶渡乌衣巷，抛在顶后面（那里已是一团糟，词章里再不能用任何一个美丽的字样去形容了）。虽在青天白日之下，整条的巷子，看不到十个以上的行人（这是绝对的），房子还保守了朱明的建筑制度，矮矮的砖墙，黑黑的瓦脊，一字门楼儿半掩半开着，夹巷对峙。巷子里有些更矮更小的屋子，那或者是小油盐杂货店，或者是卖热水的老虎灶，那是这种地方唯一动乱着而有功利性斗争的所在。但恰巧巷口上就有一所关着大门的古庙，淡红色的墙头，伸出不多枝叶的老树干，冲淡了这功利气氛。

这里的巷子，老是那么窄小，一辆黄包车，就塞满了三分之二的宽度，可是它又很长，在巷这头不会看到巷那头。大都是鹅卵石铺了地面，中间一条青石板行人路，便利着穿布鞋的中国人。更往南一路，人家是更见疏落，处处有倒塌了屋基的敞地，那里乱长着一片青草。可是它繁华过的，也许是明朝士大夫宅第，也许是太平天国的王府。在这废基后面，兀立着一棵古槐，上面有三五只鸦雀噪叫着，更显得这里有点兴亡意味。

有一次我去白鹭洲，走错了方向，踏上了向西门的一条古巷。两旁只有四五个紧闭了的一字门，乱砖砌的墙，夹了这巷子微弯着。两面墙头上密密层层地盖住了苍绿叶子的藤蔓，在巷头上相接触。藤萝的杆子，其粗如臂，可知道它老而顽固。那藤蔓又不整齐，沿了墙长长短短向下垂着，阻碍着行人衣帽。大概是这里很少行人的缘故，到墙脚下的青苔向上铺展，直绿到墙半腰。有些墙下，长着整丛的野草，却与行人路上石板缝里的青草相连。这样，这巷子更显得幽深了，这里虽没有一棵树、一枝花及任何风景陪衬，但我在这里徘徊了二十分钟。

江冷楼前水

在南京城里住家的人，若是不出远门的话，很可能终年不到下关一次。虽然穿城而过，公共汽车不过半小时，但南京人对下关并不感到趣味。其实下关江边的风景，登楼远眺，四季都好。读过《古文观止》那篇《阅江楼记》的人，可以揣想一二。可惜当年建筑南京市的人，全是在水泥路面、钢骨洋楼上着眼，没有一个想到花很少一点钱，再建一座阅江楼。我有那傻劲，常是一个人坐公共汽车出城，走到江边去散步。就是这个岁暮天寒的日子，我也不例外。自然，我并不会老站在江岸上喝西北风。下关很有些安徽商人，我随便找着一两位，就拉了他们到江边茶楼上去喝茶。有两三家茶楼，还相当干净。冬日，临江的一排玻璃楼窗全都关闭了，找一副临窗的座位坐下，泡一壶毛尖，来一碗干丝，摆上两碟五香花生米，隔了窗子，看看东西两头水天一色，北方吹着浪，一个个地掀起白头的浪花，却也眼界空阔得很。你不必望正对面浦口的新建筑，上下游水天缥缈之下，一大片芦洲，芦洲后面，青隐隐的树林头上，有些江北远山的黑影。我们心头就不免想起苏东坡的词："一江南北，消磨多少豪杰。"或者朱竹坨的词："六代豪华春去了，只剩鱼竿。"

说到江，我最喜欢荒江。江不是湖海那样浩瀚无边，妙的是空阔之下，总有个两岸。当此冬日，水是浅了，处处露出赭色的芦洲。岸上的渔村，在那垂着千百条枯枝的老柳下，断断续续，支着竹篱茅舍。岸上三四只小渔舟，在风浪里摇撼着，高空撑出了渔网，凄凉得真有点画意。自然，这渔村子里人的生活，让我过半日也有点受不了，他们哪里知道什么画意？可是，我这里并不谈改善渔村人民的生活，只好忍心丢下不说。在南京，出了挹江门，沿江上行，走过怡和洋行旧址不远，就可以看见这荒江景象。假使太阳很好，风又不大，顺了一截江堤走，在半小时内，在那枯柳树林下，你会忘了这是最繁荣都市的边缘。

坐在下关江边茶楼上，这荒寒景象是没有的。不过，这一条江水，浩浩荡荡地西来东去横在眼面前，看了之后，很可以启发人一点遐思。若是面前江上，舟楫有十分钟的停止，你可看到那雪样白的江鸥在水上三五成群地打胡旋。你心再定一点，也可再听到那风浪打着江岸石上，“啪哒啪哒”作响。我是不会喝酒，我若喝酒，觉得比在夫子庙看“秦淮黑”，是足浮一大白的。

清凉古道

有人这样估计：东亚的大都市，如上海、汉口、天津、北平、香港、广州、南京、东京、大阪、名古屋、神户，恐怕都要在这次太平洋战争里毁灭。这不是杞忧，趋势难免如此，这就让我们想到这多灾多难的南京，每遇二三百年就要遭回浩劫，真可慨叹。

我居住在南京的时候，常喜欢一个人跑到废墟变成菜园竹林的所在，探寻遗迹。最让人不胜徘徊的，要算是汉中门到仪凤门去的那条清凉古道。这条路经过清凉山下，长约十五华里，始终是静悄悄地躺在人迹稀疏、市尘不到的地方。路两旁有的是乱草遮盖的黄土小山，有的是零落的一丛小树林，还有一片菜园，夹在几丛竹林之间。有几户人家住着矮小得可怜的房舍，这些人家用乱砖堆砌着墙，不抹一点石灰和黄土，充分表现了一种残破的样子。薄薄的瓦盖着屋顶，手可摸到屋檐。屋角上有一口没有圈的井，一棵没有树叶的老树，挂了些枯藤，陪衬出极端的萧条景象，这就想不到是繁华的首都所在了。三牌楼附近，是较为繁华的一段，街道的后面，簇拥了二三十株大柳树，一条小小的溪水，将新的都市和废墟分开来。在清凉古道上，可以听到中山北路的车马奔驰声，想不到一望之遥，是那样热闹。同时，在中山北路坐着别克小坐车的人，他也不会想到，菜圃树林那边，是一片荒凉世界。

是一个冬天，太阳黄黄的，没有风。我为花瓶子里的蜡梅、天竹修整完了，曾向这清凉古道走去。鹅卵石铺着的人行古道，两边都是菜圃和浅水池塘，夹着路的是小树和短篱笆，十足的乡村风光。路上有三五个挑鲜菜的农民经过，有一阵菜香迎人。后面稍远，一个白胡老人，骑着一头灰色的小毛驴，“嘚嘚”而来，驴颈子上一串兜铃响着。他们过去了，又一切归于岑寂。向南行，到了一丛落了叶的小树林旁，在路边有二三户农家的矮矮的房屋，半掩了门。有个老太婆，坐在屋檐下晒太阳。我想，这是南京的奇迹呵！走过这户，是土山横断了去路，裂口上有个没顶的城门洞的遗址。山岩上有块石碑，大书三个楷书字：“虎踞关”。石碑下有两棵高与人齐的小树，是这里唯一的点缀。我站在这里，真有点怔怔然了。

在明人的笔记上，常看到“虎踞关”这个名字，似乎是当年南都一个南北通衢的锁钥。可以料想到当年这里行人车马的拥挤，也可以遥思到两旁商店的繁华，于今却是被人遗忘的一个角落了。南京另一角落的景象，实在是不能估计的血和泪，而六朝金粉就往往把这血泪冲淡了。

回到开首那几句话，东亚大都市，有许多处要被毁灭，这次在抗战时期，南京遭受日寇的侵占与洗劫，也不知昔日繁华的南京，又有哪几条大街变成清凉古道了。

碗底有沧桑

“上夫子庙吃茶”（读作错平声），这是南京人趣味之一。谈起真正的吃茶趣味，要早，真要夫子庙畔，还要指定是奇芳阁、六朝居这四五家茶楼。你若是个要睡早觉的人，被朋友们拉上夫子庙去吃回茶，你真会感到得不偿失。可是有人去惯了，每早不去吃二三十分钟茶，这一天也不会舒服。这就是我那篇《风檐尝烤肉》的话，这就是趣味吗？

这里单说奇芳阁吧，那是我常去的地方，我也只有这里最熟。这一家茶楼，面对了秦淮河（不管秦淮碧或黑，反正字面是美的），隔壁是夫子庙前广场，是个热闹中心点。无论你去得多么早，这茶楼上下，已是人声哄哄，高朋满座。我大概到的时候，是八点钟前，七点钟后，那一二班吃茶的人，已经过瘾走了。这里面有公务员与商人，并未因此而误他的工作，这是南京人吃茶的可取点。我去时当然不止一个人踏着那涂满了“脚底下泥”的大板梯上那片敞楼，在桌子缝里转个弯，奔上西角楼的突出处，面对楼下的夫子庙坐下。始而因朋友关系，无所谓来这里，去过三次，就硬是非这里不坐。四方一张桌子，漆是剥落了，甚至中间还有一条缝呢。桌子有的是茶碗碟子、瓜子壳、花生皮、烟卷头、茶叶渣，那没关系。过来一位茶博士，风卷残云，把这些东西搬了走，肩上抽下一条抹布，立刻将桌面扫荡干净。他左手抱了一叠茶碗，还连盖带茶托，右手提了把大锡壶来。碗分散在各人前，开水冲下碗去，一阵热气，送进一阵茶香，立刻将碗盖上，这是趣味的开始。桌子周围有的是长板凳方几子，随便拖了来坐，就是很少靠背椅，躺椅是绝对没有。这是老板整你，让你不能太舒服而忘返了。你若是个老主顾，茶博士把你每天所喝的那把壶送过来，另找一个杯子，这壶完全是你所有。不论是素的、彩花的、瓜式的、马蹄式的，甚至缺了口用铜包着的，绝对不卖给第二人。随着是瓜子盐花生，糖果纸烟篮，水果篮，有人纷纷提着来揽生意。卖酱牛肉的，背着玻璃格子，还带了精致的小菜刀与小砧板。“来六个铜板的。”座上有人说。他把小砧板放在桌上，和你切了若干片，用纸片托着，撒上些花椒盐。此外，有我们永远不照顾的报贩子，自会送来几份报。有我们永远不照顾的眼镜贩或带子贩钢笔贩，他们冷眼地擦身过去。于是桌上放满了花生瓜子纸烟等类了，这是趣味的继续。这里有点心牛肉锅贴、菜包子、各种汤面，茶博士一批批送来。然而说起价钱，你会不相信，每大碗面，七分而已。还有小干丝，只五分钱。熟的茶房，肯跑一趟路，替你买两角钱的烧鸭，用小锅再煮一煮。这是什么天堂生活！

我不能再写了，多写只是添我伤感。我们每次可以在这里会到所要会的朋友，并可以在这里商决许多事业问题，所耗费的时间是半小时上下，金钱一元上下，这比万元请客一次，其情况怎样呢？在后方遇到南京朋友，也会拉上小茶馆吃那毫无陪衬的沱茶，可是一谈起夫子庙，看着茶碗，大家就黯然了。

听说奇芳阁烧掉之后，又重建了。有朋友说："回到南京的第二天早上，我们就在那里会面吧！""好的！"可是分散日子太久，有些老朋友已经永远不能见面了。

厦门印象记

鲁　彦

一　不准靠岸

船到厦门是在太阳下山的时候。潮水颇不小。太古公司有一个码头伸出在岸外。我在船上望见了码头上竖着一个吊桥。我们的轮船正停泊在码头外一丈多远的地方，这空隙似乎正是预备用吊桥来连接的。然而船已停了，却不看见码头上有什么人，也没有人预备把吊桥放下来。从岸上来接客的人都在码头旁边下了小划子到了我们的船旁，我们船上的客人也都纷纷坐着划子上了岸。

“一定是那吊桥坏了，”我想，“不然，从吊桥上走过去多么方便呵！”

于是我也就随着接客的坐了一只小船上了岸，到一家码头边的旅馆里去住。在那里休息了一会儿，吃了一点东西，我又从旅馆里走了出来，想去望一望厦门的街市。

走出旅馆门口，我忽然看见太古码头上的人拥挤得很厉害，吊桥已经放下了，行李和货件纷纷由船上担了下来。原来吊桥并没有坏。

但是为什么不在船到的时候放下来呢？我猜想不出来。我很想问问这原因，可是没有一个熟人，又听不懂厦门话。

第二天，我跟着行李的担子到了往集美去的汽船码头。那只汽船很小，和划子一样大——甚至可以说比划子还小。这时的潮水也很大。但汽船却没有停靠到岸边来。它只是停在离岸一二丈远的地方。我想不出这原因，只得跟着大家下了一只划子，渡到汽船边去。

在汽船上，我注意地望着海港，看见大小的轮船非常多，但都停泊在海港的中间，或离岸不远的地方。只有太古公司是特别的。

“听说厦门是一个有名的都市，厦门人有钱的很多，为什么不造码头呢？”我想，心里觉得很奇怪。“由轮船上下都须坐划子，不是很不便利吗？”

我觉得厦门人仿佛是不大聪明的，在这一件事情上。

但是过了几天，我的这种感觉却被我的朋友推翻了，我开始相信厦门人的智慧和力量来。

原来厦门有三大姓，人最多势力也最大。那三姓是姓陈的、姓吴的和姓纪的。纪姓人世代靠弄划子过日子。自从有了轮船汽船，他们的生活受了很大的影响。他们不甘心，因此集合起来，不许轮船公司造码头，不许轮船靠岸。太古公司是外国人办的，而且单独造好了码头，他们也不怕。据说这中间曾经起了许多纠纷，但最后还是穷人们得了胜利，只许码头上的吊桥在轮船停泊两小时后才放下来。

“不准靠岸！”每个弄划子的人都对轮船有着这样的念头。

二　中国首富的区域

到了厦门不久，我忽然听到一个意外的消息，说是我的一个老朋友住在鼓浪屿。于是我急忙坐船到那里去。

鼓浪屿真是一个奇异的岛屿。它很小，费了一个钟头，就可在它的周围绕一个圈子。这里有很光滑的清洁的幽静的马路，但马路上没有任何种类的车子。这里的房子几乎全是高大的美丽的洋房。

“你看这一间屋子，一定以为是很穷的人住着的吧？”我的朋友忽然指着一间小小的破屋，对我说，“如果你这样想，你就错了。这一类房子里的主人常常是有几万几十万财产的。”

“照你说来，这一个岛屿里全是富人了！”我说。

“自然。穷人是数得清的。以面积或人口做单位，这里是全中国的首富呢！”

“有钱的人全集中在这里，可有什么原因吗？”

“因为这里太平。除了这里，全省的土匪几乎如毛的多。”

“你未免说笑话了！”我说，“既然土匪那么多，只要混进来一二十个，不就不大太平了吗？”

我的朋友听了我的话，忽然沉默了。我留心观察他的面色，他的眼睑红了。我也就沉默下来，不再提起这事情。我想，大约是我的语气使他感觉到不快乐了。

过了一会儿，我们一道走上了日光岩。这里是鼓浪屿最高的山顶。

厦门的都市和其他的岛屿全进了我们的眼睑。

“你看见这边和那边是些什么船吗?”我的朋友指着鼓浪屿周围的海面，问我说。

我依他所指的方向看去，这里那里停泊着军舰，有的打着日本的旗帜，有的打着英美的旗帜。

我恍然悟到了我的朋友刚才不快活的原因了。我记起了鼓浪屿原来是租给了外国人的。

“你看见这辉煌的铜牌吗?”我的朋友这样说，当我们走过几家华丽的洋房门前的时候。

我被他提醒了。这样的铜牌我已经瞥见了许许多多，以为一定是什么营业的招牌或者住宅的姓名，所以以前并没注意去看那上面的字。

“大日本籍民……葡萄牙籍民……日斯巴尼籍民……”我一路走着，一路读着，我觉得我是在中国以外的地球上。

三 球大王

我初到厦门是住在一个学校里。这样可爱的学生，我从来不曾遇到过。他们的身材都很高大结实，皮肤发着棕色的光，筋肉紧绽，一看见他们，便使我联想到什么报上所登的大力士的相片。

皮球是他们的生命，每天早晨，天还没有亮，我已在床上听见操场上的球声了。这声音一直持续到吃早饭，上课。他们永不会感到疲乏，连课间休息也几乎变成了运动的时间。每一班都有球队，常常这一班和那一班比赛，这一个学校和那一个学校比赛。有几次我看见运动员跌得很厉害，膝盖上流着血，禁不住自己的心怦怦跳动起来，却想不到他包扎好了，又立刻进了球场，仿佛并没有什么痛苦似的。

在我们江浙人的眼光里，我敢说他们每一个人都是球大王。

除了很好的体格外，他们还有很好的德性。他们有诚挚的态度，坦白的胸怀，慷慨的心肠——而服从，尤其是他们的特点。他们从来不会叫一个教员下不得台，或者可以说，他们不大会感觉到教员的缺点。

“怎么这里的学生这样好呢?”我常常想不出这原因来。

有一天，我忽然得到了一个有名的小学校的章程，里面载着详细的规则，有一条是：骂人的学生，罚口含石头半点钟。还有几种的犯规是坐监狱。

这时我才明白了。

四　害人的苍蝇

但是过了不久，我忽然看到另一面了。

厦门有一个学校里的学生，把一个教员围在几十个人的中心，用木棍打破了眼睛，伤了腰背。

另一个学校的校长被学生用手枪击伤了两处。

第三个学校的学生分成了两派，带着手枪和手榴弹抢夺着学校。

我在别处也常常看到过学校里闹风潮的事，但总是离不开罢课、发宣言、贴标语、请愿这些无用的方法，大不了，伸着拳背着木棍。用手枪和手榴弹是不曾听见过的。

“这是这边司空见惯了的，”我的朋友告诉我说，“你该听见过械斗这个名词吧？从前在臧致平统治下，厦门的陈、吴、纪三大姓曾经和台湾人械斗了一年多呢。你听见过一个苍蝇的故事吗？从前有……”我的朋友开始讲述那个故事了。

“从前有两个异县的孩子在路上走着，遇见了一只苍蝇。它飞到了第一个孩子的鼻子上休息着，给这孩子知道了，他啪的一拳向自己的鼻子上打了去，不料没有打着苍蝇，却打痛了自己的鼻子。这苍蝇给他一赶，便飞到第二个孩子的鼻子上了。第二个孩子也是用力地啪的一拳，向着自己的鼻子上打了去，但也没有打着苍蝇，一样地打痛了自己的鼻子。于是他大怒了，和第一个孩子争了起来。

‘——你不赶它，它不会飞到我的鼻子上来！’

第一个孩子本来打痛了自己的鼻子，心里很不快活，给第二个孩子这么一说，也立刻大怒了。没有几句话，两个人便打成了一团。

这时第一个孩子的母亲来了。她扯开了他们，问他们厮打的原因。

‘你这孩子这么不讲理！苍蝇飞来飞去干他什么事！’第一个孩子的母亲说。啪的一拳，打在第二个孩子的脸上。

于是这给第二个孩子的母亲知道了。她赶到第一个孩子的母亲面前，说：‘……你这女人这样不讲理！孩子打来打去干大人什么事！’第二个孩子的母亲这么说着，也是啪的一拳，打在第一个孩子的母亲的脸上。

于是这一村里的人跑出来了，他们不肯罢休。那一村里的人也不肯罢休。最后两村的人都自己集合起来，做成了对垒，互相残杀攻击，死了许多人，结下死仇——”

我朋友的话到这里终止了。他使我否认了“口含石头半点钟”的罚规的效力。

五　可怕的老鼠

四月的中旬，离我到厦门才一月，忽然产生了一个极其可怕的现象。这现象不仅笼罩了厦门、鼓浪屿、集美，连闽南各县也在内了。

在这件事情发生的前几天，我在报纸上读到了一条新闻，标题是“某街发现死鼠”，底下一连打着三个惊叹号。

我很奇怪，死了一只老鼠，也有在报纸上登载的价值。细看这条新闻的内容也极平淡无奇，只报告这只死鼠发现在某处罢了。

站在我背后看报的两个学生在用本地话大声地说着，我听出两个惊骇的字眼：“啊唷！”底下就听不懂了。

我转过头去，看见他们的眼光正注视着报上的那条新闻。

“难道这和苍蝇一样含着重要的意义吗？”我想。于是我问了。

“黑死症！可怕的黑死症又来了！”他们说。

“黑死症是一种什么样的病呢？我没有听过。”

“一种瘟疫！又叫作鼠疫！”

于是他们开始讲了起来。

原来这是闽南最可怕的一种瘟疫。每年春夏之间，不可避免地必须死去许多人。它的微菌生长在鼠的身上，传染人身非常迅速。被它侵占的人立刻发高热，过不了一星期就死了。死了以后常常在颈间、手指间或脚趾间，以及肋下胯下发出结核来。以前死人多得常常来不及做棺材，一家十余口常常死得一个也不留。近来外国人发明了防疫针以后，虽然死的人减少了一些，但许多人还是听天由命地不愿意注射，而且直到微菌侵入，防疫针就没有效力，此外也就没有什么药可救了。

一星期以后，空气果然一天比一天紧张起来，报纸上天天登着某处死了多少人，某处死了多少人。我的耳内也时常听见死人的消息。这时防疫运动开始了，大扫除，注射，闹得非常纷乱。我们学校里死了几个人，附近的街上死得还要多。但是一般民众只相信神的力，这里那里把菩萨抬了出来。

我的一个朋友寄寓的一家本地人，甚至还把死在外面的人抬到屋内来供祭，入殓了以后，在厅里放上半月。

我虽然打了药水针，但完全给这恐怖的空气吓住了。偶然走到街上去，就看见了抬着的棺材，听到了哭声。

天灾人祸，未来在哪里呢？

六　人口兴旺

然而未来究竟是有的。天灾人祸虽然接连着，人口可并不会有减少的现象。他们只要留着一个人和财产一起，人口就会立刻兴旺的。

似乎就因为死的人太多的缘故吧，本地女子的地位因之抬高了。本地男子要讨一个妻子，总须花上很多的聘金。

我的老朋友所在的一家报馆里，有一个担水工人曾经出了七百元聘金讨了一个妻子。他另外的一个朋友曾经出了三千元聘金。

这样一来，人口似乎应该愈加少了？然而并不如此。他们有很聪明的办法。

有一次，我的老朋友忽然带了一个六岁的小孩来，说是宁波人，要我和他用宁波话谈谈。我很奇怪，我的朋友居然会在这里寻到别的宁波人，而且把他的孩子也带来了。

那孩子穿着不很整洁的衣服，面色很难看，像是一个穷人的儿子。我想，一定是我的朋友发现了一个流落在这里的宁波人，想借同乡的观念，来要我援助了。

于是我便说着宁波话，请他走近来。

但是他没有动，露着怯弱的眼光。

“你是哪里人呢？”我仍用宁波话问他。

“吥栽！”他说的是厦门话，意思是不晓得。

“怎么？是厦门人吧？”我问我的朋友说。

“是宁波人，他有点怕生哩！”

“你姓什么呢，小朋友？”我又问了。

“吥栽！”他摇着头说。

“几岁呢？说吧，不要怕呵！”

“吥栽！”又是一样的回答。

“用上海话问问看吧！也许是在上海生长的。”我的朋友说。

于是我又照着办了。但他的回答依然是这两个字。

“到底是哪里人呢?”我问我的朋友说。

“老实说，不清楚，只晓得宁波那边人。”

“你从哪里带来的呢?”

“一个朋友家里。他是从人贩子那里买来的。”

“不犯法吗?”

“在这里是官厅不禁止的。花了一二百元钱，就可买到一个。本地人几乎每家都要买一两个的。”

我给他说得吃惊了。这样的事情，我从来没有听见过。

“这孩子到这里快半年了，”我的朋友继续说，“他从来不说话，偶尔说了几句，也没有人听得懂。他只知道说‘吒载’，无论他懂得或不懂得。仿佛白痴似的，据说他到这里的头一天，脱下衣服来，一身都是青肿的。显然人贩子把他打得很厉害。他只会说‘吒载’，大约就是受了人贩子极大的胁迫的缘故了。这里是一个人口贩卖的倾销市场，也就是人口贩运的总机关。来源是上海，上海的每一只轮船到这里，没有一次不贩卖人口……”

我听了这些话呆住了。

七　罗马字拼音

厦门话真不易懂，跑到那里好像到了外国一样。就连用字，也有许多是我们一时不容易了解的。学校的布告常常写着拜六拜五，省去了一个“礼”字。街名常常连着一个“仔”字。从某处到某处的路由牌，写着“直透”某处。

有一次，我看见街上有一个工厂，外面写着很大的招牌，叫作某某雪文厂。我不懂得“雪文”是什么，跑到门口去一看，原来里面造的是肥皂，才记起了英文 soap，世界语的 sapo，法文的 savon，而厦门人叫肥皂是叫作 sapon 的。

我的老朋友告诉我，厦门话古音很多。如声方面，轻唇归重唇的例如房读若旁；舌上归舌头的，澈读若铁，娘日归泥，娘读若良，人读兰。韵方面，有闭口韵，如三读 sam，今读 kim，入声带阻，如一读 it，十读 tsap，沃读 ok。

然而，我的那位老朋友虽然平日在文字学和音韵学方面有特殊的修养，在厦门已经住上三四年了，却还是不大会说厦门话。

同时，厦门人学普通话，也仿佛和我们学厦门话一样的困难。虽然小学校里就教国语，到了高中甚至大学的学生还不大会说普通话。他们写起文章来常常会把“渐”写作“暂”，把“暂”写作“渐”，而“有”字尤其容易弄错。

但是有一天我却看到了一种特别的异象。我看见许多男女老幼从一家教堂出来，各人都挟了一两本书。这自然是《圣经》之类的书了。

“他们都受过很好的教育，都认得字吗？”我实在不相信；他们中间明明是有许多太年轻的人或工人模样的人。

一次，我在一家商店里买东西，瞥见了柜台上一张明信片。那上面全是横行的罗马字，看过去不是英文、法文、德文、俄文。

“怎么，你懂得罗马字拼音吗？”

“是的。我们这里不会写中国字的，就学这个。”

“谁教你们的呢？”

“在教会里学的。”

“不是北平几个弄注音字母的那几个人发明的吗？”

“我们不知道。我们这里已经用了很久了。教会里的书全是用罗马字拼本地音的。”

我明白了。我记起了鼓浪屿有一家专门卖《圣经》的书店，便到那里去翻看，果然发现了全用罗马字拼厦门音的《新旧约》以及各种书籍，而且还有字典。据说是教会里的外国人所发明的。

八　永久的春天

我爱厦门，因为在这里的春天是永久的。

没有到厦门以前，我以为厦门的夏天一定热得厉害。但到了夏天，却觉得比上海的夏天还凉爽。

“上海的冬天冷得厉害吧？我们这里的人都怕到上海去哩！”

这话正和我到厦门去以前的心理是成为对比的。

没有离开过厦门的人，从来不曾见过雪。厦门的冬天最冷的时候也有十四五度。草木是常青的。花的季节都提早了。离开繁盛的街道，随地可以看见高大奇特的榕树，连毛厕旁都种满了繁密的龙眼树的。农人们一年播两次秧，还可以很从容地种植菜蔬。在我们江浙人种的不到一尺的大蒜，在厦门却长得和芦苇差不多。岛上的山石大多是花岗岩。山峦重叠起伏着。海涌着，睡着，呼号着，低吟着。晴朗的黄昏，坐着一只小舟，任它顺流荡去，默默地凝神在美丽的晚霞上，忘却了人间苦。狂风怒鸣的时候，张着帆，倾侧着小舟，让波浪汩汩地敲击着船边，让浪花飞溅在身上，引出内心的生的力来。黑暗的夜里，默数着对岸的星火，静静地前进着，仿佛驶向天空似的。

这一切，都告诉了我，春天在这里是永久的。

青岛素描

王统照

从北平来，从上海来，从中国任何的一个都市中到青岛来，你会觉得有另一种的滋味。北平的尘土，旧风俗的围绕，古老中国的社会，使你沉静，使你觉到匆忙中的闲适，小趣味的享受。在上海，是处处模仿着美国式的摩天楼，耀目的红绿光灯，街市中不可耐的噪音；各种人民的竞猎，凌乱，繁杂忙碌，狡诈，是表现着帝国主义殖民地的威风派头。然而青岛，却在中国的南方与北方的都会中独自表现着另一副面目。

“青山，碧海，红瓦，绿树。”康有为批评青岛色彩的八个字，久已悬悬于一般旅行者的记忆之中。讲青岛的表现色，这几个形容词自然不可移易。初到那边的人一定会亲切地感到。

我早有几次的经验，不是初来此地的生客。然而这一个春季，我特别在这个美丽的地方借住于友人的家中，过了几个月。有许多很好的机会，使我看到以前所未留心的事物。

这地方的道路、花木、房屋的建筑，曾经有不少的人写过游记，似乎不必详谈。然而从另一种角度观察，这里一切的情形是混合着德国人的沉重、日本人的小巧、中国固有的朴厚。经过重要街道，你如果是个留心的观察者，可以从街头所有的表现上看得出。

譬如就建筑上来说，这是最能显示一国的民风与其文化的。青岛在荒凉的渔村时代，什么也没有。自从举世震惊的德国兵舰强占胶州湾以后，一年一年过去，这里完全变样了。为了德人强修胶济铁路，沿铁路线的强悍的山东农民做了暴征的牺牲者，人数并不很少；可是在另一方面，为了金钱，为了新生路的企图，靠近胶州湾几县的农民、工人，用他们的血汗与聪明，在德国人的指挥之下，把青岛完全改观。深入大海中的石壁码头、平山、开道，由一砖，一木，造成美好坚固德国风的高大楼房。他们有的因此得了奇怪的机会，由一个苦工后来变为有钱有势的人物，有的挣得一份小家私，不在乡间过活，也有的一无所得，或者伤了生命。但青岛的建设事业与其说是凭了德国人的头脑，还不如说是胶东穷民的血汗。自然，一般人都颂扬德国人的魄力。然而我看到这几十年前的海滨渔场，现在居然变为四十多万人口的中等都市，这期间的辛苦经营，除掉西方的机器文化以外，我们能忍心把中国一般苦工的力量全个抛去?

欧战之后，乖巧的日本人承袭了德国人强占的军港，于是太阳旗子，木屐的响声，到处都是；于是又一番地辟路，盖屋；又一番地指挥，压迫。无量的日本货物随着他们的足迹踏遍山东的全境。而一般在这个地方辗转求生的中国人，只好把以前学会的德语抛却，从新学得日本语言、文字，再来做一次奴隶。

这有什么法子!“在人矮檐下，怎敢不低头!”于是中国人的心目中觉得那回非前时可比了。德国人像一只掠空的鸷鹰，它单拣地面上随时可以取得的肥鸡、跑兔；至于小小虫豸则不足饱它的口腹。它是情愿把小小的恩惠赏给奴隶们的。可是 ×× 人却不然了。挟与俱来的：街头的小贩，毒品的制造者，浪人，红裙队，什么都来了。一批一批的男女由大阪、神户向这个新殖民地分送。于是以前觉得尚有微利可求的中国居民也渐渐感到恐慌。因为对 ×× 人的诅恨，更感到德国人的优容。直到现在，与久居青市的人民谈起话来，说到这两位临时主人，总说：“德国人好得多，×× 最下三烂!”这是两句到处可以听到的话。

主人是换过了，虽然待遇不比从前好，怎么样呢？因为各种事业的开展仍然最需要苦工。而山东各县的景况恰与这新开辟的都市成了反比。连年内战，土地跌价，一般农民都想从码头上找生路。于是蓝布短衣、腰掖竹烟管、戴围笠的乡民也如一般 ×× 的找机会的平民一样，一批一批地由铁路，由小帆船运到这可以憧憬着什么的地方中来。

从那时起，军港的青岛一变而为纯粹的商港。聪明的 ×× 人知道这里还不是久居之地。也不做军港的企图。把德人的修船坞拖回他们的国内，德人费过经营的沿海要塞的炮台，内部完全破坏，只要有利可图，能够继续占有德人在沿铁道的企业，如煤矿、林业、房舍，种种，他们一心一意来做买卖。直待至太平洋会议时，摆了许多架子，在种种苛刻的条件下，算是把这片土地付还中国。

历史，自有不少聪明的历史学家可以告诉后人的，现在我要单从建筑上谈一谈青岛的混合性。

看一个国家或是一个地方的文化，善于观察者从一方面即可推知其全体。即就建筑上说，很明显的如爱斯基摩人的雪屋、热带地方人住的树皮草叶的小屋，近而如日本人好建木板房子，而中国北方就有火炕。由于气候、习惯，建筑遂千差万别。从这上面最易分出一国家一地方的民性。至于更高尚的，如东方西方古代的建筑，何以意大利有许多辉煌奇异的教堂，而埃及则有金字塔？正如中国有著名的长城一样。所以有此的缘故，并不简单，要与其一国的地理、历史、风尚、人民的性质俱有关系。这不是几句话可以说明的。

德国的建筑移植到中国来，当然青岛是一个重要地方。在初时一般人只知道德国人在大清府（这是一个不见于历史的名词，乃是山东胶东一带人民在二十年前叫青岛的一个自造专名词，到底是大青还是大清，却无从知道）盖洋楼，自然是在几层上面，有尖角，有石柱，有雕刻，有突出嵌入的种种凉台、窗子，统名之曰洋式而已。实在直到现在，凡是留心的人还能由这些先建的洋楼上，看出德国人的沉鸷刚勇的气概。例如青岛著名的建筑物，现在的市政府与迎宾馆，以及当年德国人的军营，现在的山东大学与市立中学校。那些建筑物，除掉具备坚固、方正、匀称、高大的种种相之外，你在它们旁边经过，就觉得德国人凡事要立根很深的国民性有点可怕！同时也还有其可爱之点。当初他们对这个港口实在是花过本钱的。究竟不知是多少万马克汇来东方，经营着山路、海堤、森林、铁路，一切事他们早打定了永久的计划，所以都从根本上着想。建筑也是如此。现在凡过青市生活略久一点的人，走到街上，单凭看惯的眼光，便能指出这所房子是德国人盖的，那是 ×× 的玩意，而那又是中国式房子，十有八九错不了。自然的分别，就譬如眼见各人的面目不同一样。

有形势与作风，自古代，建筑是与音乐、绘画，并列入文艺之内的。因为它表现着时代精神与人民生活性的全体，而愈长久的建筑物却愈能代表那一个国家、一个地方的最高文化。端庄中具有稳静的姿态，严重形势上包含着条理与整齐。不以小巧见长，同时也不很平板。恰好与日本人的建筑物相反。日本在维新以后，初时处处唯德国是仿，然而连形式也不对。由日本占青市后建造的神社及其他住房上看，很清楚，他们只在玲珑、清秀上作打扮。是一个清瘦精细的女孩，而没有“硕人欣欣”的神态。至于完全出自中国人的意匠所盖的房屋，除却照例的二三层商店房式之外，其他的住房多半是整齐、方正，很能在新形式中仍存有固有的风姿。近年也有几处从上海移植来的所谓立体建筑物。

青岛的建筑是这样混杂着，可以由此推知以前的青岛是如何受了外国的影响。

“不错，这名称不是空负的。据我所到的地方，就连德国在内，像这么美丽适于居住的城市也不多。”

正是一个春末的黄昏，我的亲戚C君——他是一个留德的医学博士——在凉台告诉我，因为我们又谈到这东方花园的问题。

“我爱这边的幽静，而又不缺乏什么，可是有人说这边没有中国文化，但怎么讲呢？文化两个字解释起来怕也费劲！自然许多人在热心拥护古老的文化精神，是什么呢？你说……”我呷着一口清茶望着电灯微明下的波光慢慢地说：“哼！文化！中国的古老文化不是上茶馆，抽水烟，到处有的杂货摊？什么东西只要古色古香的那就是！……至于说真正的中国固有文化的精神，你以为在哪里？难道在北平，在济南，在各个大都会里？我们到那些地方也只看到古老文化的渣滓，真正可爱的古文化的精神在哪里？……”

“所以啦，我以为在这里反倒清静些……”他感慨地叹着，又加上一句断语。

“本来我也认为这一句话有点难讲。这地方没有中国古老的文化，也许容易造成一个崭新的地方。因为以前没的可保守，所以一切事都容易从新做起。虽然是否能造成另一种更好的文化还不可知，但要把那些文化的没用的渣滓去掉，也并不难——我知道这边的人民诚实、朴厚，做起事来又认真，虽然不十分灵活，可是凡到本处来的人却很能了解。又配上这么幽静而又有待发展的地方，在国内，青岛的将来是不缺好希望的。”

C 君因为我的乐观。便在小桌上用手指敲一下道：

“你可不要忘记了 ×× 人！”

这是每个在青岛住得久，稍有点知识的人时时容易想到的一个严重问题。×× 人，虽然似乎大量地把这个地方奉还原主，然而铁路的价值，保留的房产，沿铁道线的种种利权，依然都在他们的掌握之中。兵舰是朝发夕至，对于这个好地方的未来，谁也怕 ×× 人再来伸手！

“你想这边 ×× 的余势还有多少？重要商业与航运的便利，几乎全被他们所操纵。现在青岛的平和能维持到哪一年，天知道！——可是这也不必多虑了。想不了那一些！另外我可告诉你，为什么近十年来这海边小都会人口渐渐加多？不是做生意的人说不好么？不景气么？然而各县各乡村中的不安定较这里更厉害，就是吃饭便好，那些用手脚来谋生的人往外跑，一年比一年多，各处一例。所以在这里也看出人口增多，而事业并不见大发展的缘故。”

他怕我不明白这种情形，所以尽力地解释，但是我正在靠山面海的凉台上向四方看去。稀稀疏疏的电灯光映着那些一堆一撮、高下错落的楼房，海边就在我们坐的楼下。银色的波涛有节奏似的撞着石堆作响。静静的海面只有几只不知哪国的军舰，静静地停泊着。黑暗中海面的胸衣慢慢起落。在安闲平静中却包藏着什么中国、日本、农村、商业的重大问题。这时我另有所思，答复C君道：

“唉！这人间的苦恼，永久的争斗，从古时到现在，没有演奏完了的时候，今夕何夕？你看，这么好听的涛声，这样好的境界之中……”

“你是‘想今夕只可谈风月’！哈哈……”

“……”

“是的，本来人是容易被环境征服的动物。刺激愈重，动力愈大，从前在德日帝国主义者的铁骑下的中国居民，虽然是被保护者，可是他们究竟还感到压迫的不安。现在大家除却个人的生活竞争之外，在这幽静的新都市中住惯了的人，差不多随了环境也都染上了一种悠闲的习气。就以生活较苦的人力车夫来作比，你看他们与上海、天津、汉口、北平各处他们的同行可一样？”

“不同，不同。青岛市的车夫穿得整齐，他们争坐也不像别的地方那么厉害，甚至吵骂、挥拳头。差得多，这是谁都看得出来的。”

"原因……原因就在这里的钱较容易赚，虽然生活程度并不低于别的都会。外国人多一点，贫苦生活的竞争是有的，然而比别的都会也还差些。"

我听了C君的结论，不敢十分相信，然而也没有驳他的理由。我忽然注意到凉台下面的几棵樱花树，电光下摇动它的花瓣落在青草地上。

"啊！是了。这几天我只从街道旁边看过樱花，没曾专往公园的樱花路上去观观光……"

"这还是日本风的遗留。自从日本人占了此地之后，栽植上不少的樱花树，每年还有一个樱花节在四月中举行几天，与在日本一样。现在这节日自然是取消了，可是每年花开的时候，车马游人依然是十分热闹。春季与盛夏是青岛最佳的时候——所以无论如何，青岛的居民是谈不到秋冬令的感受与刺激的！"

C君很俏皮地这么说，我也明白他也有点别感，话并不直率。可是我一心要拉着他外出游观，便与他订明于第二天一早出发往公园与青岛市外。

沿着海岸的太平路、莱阳路，随了汽车队的穿行，这真给我以重游的满足。一面是碧波明净的大海，一面是山上参差的楼台。汇泉一带的新建筑与团团的一大片草场那么柔又那么绿。未到公园以前便看见比乡镇赛会热闹得多的游众。公园的玩意很多：水果摊、咖啡店、照相处、小饭店，都在花光树影下叫卖着。不是看花，简直是"人市"。

实在这广大的中山公园的美点并不止在这几百株的樱花身上，有许多植物从德人管理时移植过来，名目繁多，大可供学植物者的参考：据说因为德人要试验这半岛上究竟宜种何种植物，便尽量撒布下各种植物的种子……再则是最娇美的海棠在这边也成了一条路，路两侧全是丽红粉白的花朵，其实比满树烂漫的樱花好看。

剪平的圆草地，有小花围绕的喷水池，难以一一说出名字的各种松柏类的植物，熏人欲醉的暖风，每个人都很欣乐地在这自然的美景中游逛、说笑。我因此记起了C君夜来的谈话，不禁自己也有点惘然之感！

因为太喧闹了，我们便离开这里往清静的海浴场去。

还不到海浴的时候，一大片沙滩上只有那些各种颜色的木板屋，空虚地呆立着。没有特制大布伞，没有儿童的叫嚷，没有女人的大腿与红帽。静静地看，由这处，那处，一层层泛荡过来的层波，轻柔地在沙边吞噬着。恰巧这不是上潮的一天，浅水，明沙，分外显得有趣。我们脱了鞋袜用海水洗过脚，在沙滩上来回地走着。看这片深碧色浮映着一种可爱的明光的圆镜，斜对面的青岛山，小小的山峰孤立在那里，披上春天的薄衣。小的浪花疲倦地，迟迟地，似一个春困的少女的呼吸，由不知何处来的那股冲动的力量使她觉得不安，可又不能做有力的挣扎。沙是太柔软了，脚踏下去比在波斯织的毛毯上还舒适。是那么微荡地又熨帖地使脚心的皮肤感到又麻又痒的一种快感。

风从海面斜掠过来，夹着微有咸湿的气味，并不坏，因为一点也不干燥。

空中呢，在这海边的天空是最可爱的，尤其是春秋的时候。晴天的日子那么多，高高的空中，明丽的蔚蓝色，像一片彩色的蓝宝石将这个海边的都市全罩住。云是常有的，然而是轻松的、片段的，流动的彩云在空中时时作翩翩的摆舞，似乎是微笑，又似乎是微醉的神态。绝少有板起青铅色的面孔要向任何人示威的样儿。而且色彩的变化朝晚不同。如有点稍稍闲暇的工夫，在海边看云，能够平添一个人的许多思感，与难以捉摸的幻想。映着初出海面的太阳，淡褐色的微绛色的云片轻轻点缀于空中。午间，有云，晴天时便如一团团白絮随意流荡。午后到黄昏，如果你是一个风景画家，便可以随时捉到新鲜、奇丽的印象。从云彩，从落日的渲染，从海对面的山色上，你的画笔可以有无穷的变化。

这上午我同C君在沙滩上被什么引诱似的坐了许久的时候，时时听到岸上，车马来回的响声。

C君为要另给我一种印象，叫了一部马车把我们载到东西镇去。

那像青岛市中心的首、尾。东镇在以前与市区隔着一条荒凉的马路，两旁还是野田。这些年那条路却成了日本居留民的中心地带。由日本神社的下面往东走，好长的一条辽宁路，两旁的生意至少有一半是挂着日文的招牌。这是公共汽车与各处长途汽车向市外走的要道。东镇原是一个小小的村庄，现在成了工人小贩的居住区。自然，马路、电话、汽车，哪样都有，可是旧式的黑板门，红门对小店铺的陈设，冷摊的叫卖者，仿佛到了中国较大的乡村一样。这里很少摩登的式样。有不少的短衣破鞋的男子与乱拢着髻子仍然穿着旧式衣裤的女人。小孩子光着屁股在街上打架。拾蚌螺的贫女提着柳条筐子从海边回来。这便是青岛的贫民窟么？不对，究竟得算高一级的。不过当我们的马车经过几条冷落的小街道时，看见矮矮的瓦檐下，门口便是土灶，有的还有些豆梗、高粱，似是预备作燃料用的。窄窄的红对联不免有“一元复始，万象更新”的吉利话。三个两个穿红裤子蓝布褂的女人，明明是乡间的农妇，可是满脸厚涂着铅粉、胭脂，向街上时用搜索的眼光找人。经过C君的告诉，我才知道这是最低等的卖淫者，大约是几角钱的代价吧。这边有的是普通工人，干粗活的，拉大车的，有一种需要的消费，便有供给的商品。

“你没看见那些门上有一盏玻璃罩的煤油灯？那便是标识，经过上捐的手续，她们便可在晚上点灯，正式营业——其实这些事谁还管是夜里、白天！”

C君即速催着马车走过，我怀疑他这位医学家是怕有什么病菌在空中传布吧。

由东镇再转出去，便是著名工厂地带的四方。触目所见全是整齐的红砖房子。银月、大康等日本人的纱厂都在这里。男女工人在上工放工时，沿四方到东镇的马路上，全是他们的足迹。山东全省人民日常穿的粗衣原料，这里便是整批的供给处。不错，几万的工人在这到处不景气的氛围中，似乎容易产生失业的问题。在青岛却差得多，生意与一切便宜的关系，横竖各个乡村谁不需要一件洋布衣服穿，价廉而又广泛地推销贩卖，这个地方的各个大机器很少有停止运行的时候。

四方这地方就因为若干大工厂的关系，变为工人居住的区域。又加上胶济铁路的机厂也在这里，所以我们在这一带所见到的便是短衣密扣的壮年男子，梳辫剪发的花布衣裳的姑娘，煤灰，马路上的尘土，并且可以听到各种机件的响声。

西镇是紧接着青市的中心市区，除了经过火车道上面的一条大桥之外，并无什么界限。虽然也似乎杂乱，却较东镇整齐得多。小商店，与一般职员的住房很多。

日落时马车转到青市的最西偏处。那是著名的马虎窝。海岸上的木板屋与草棚，中间有不少的家庭在这荒凉的地方度日。

“这才是青岛的贫民窟。你瞧，与南海岸的高大楼房相比，以为如何？”C 君问我。

“哪个都市不是这样！到处都是一律。但我总想不到在这美丽的都市也还有这么苦的地方。”

“傻人！愈是都市愈得需要苦力。没有他们怎么能造成各种享受的事物。一手、一足的力量是最需要的。而上级的人士他们宝贝他们的头脑，更宝贝他们的手足。机械还不能支配一切，于是苦力便需要了。所以你以为东镇的小屋是最低等，瞧这儿……”

我在车中不停地注视。矮矮的木屋，有的盖上几十片薄瓦，有的简直是用草坯。鸡栅便在屋旁，疲卧的小狗瞪不起警视的眼睛，与西洋女人身后的狼犬不可比量！全是女人、孩子，她们的男子这时正在赚馒头吃的地方工作，还没有回来。

澎湃的涛声在这片荒凉的海岸下响着单调的音乐，向东望，几处高高矗立的烟突，如同一些高大的警察在空中俯瞰着一切。

“平民的房屋现在正在建筑着，然而怎么能够用。这不是一个问题？”C 君说。

我没回答他。马车穿过这里，一些黄瘦污脏垂着鼻涕的孩子前前后后地待着。

渐走渐近，不到半点钟而市中心的红绿光商标已经放射出刺激视觉的光彩，而流行的爵士音乐，与“我爱你”的小调机片声音，也可以听得到了。

夜间，我独自在南海岸的杂花道上逛了一会儿，想着往海滨公园，太远了，便斜坐在栈桥北头小公园的铁桥上面往前看。新建成的栈桥，深入海中的亭子，像一座灯塔。水声在桥下面响得格外有力。有几个游人都很安闲地走着，听不到什么言语，弯曲的海岸远远地点缀着灯光，与桥北面的高大楼台的相映是一种夜色的对称。

一天重游的所见，很杂乱地在我的脑中映现。我想：不错，这么静美而又清洁，一切并不比大都市缺乏什么好的地方，无怪许多人到此来后很难离开。可是从另一方面说，还不是一样，也有中国都市的缺陷。或者少点？虽然静美，却使人感到并不十分强健。理想的境界本来难找，可是除却沉醉于静美的环境中，想一想中国都市的病象，竟差不多！譬如这里，已比别处好得多，然而有什么更好的方法可以使这个静美的地方更充实与健康呢？

我又想了，这个问题是普遍存在于各大都市之中的……

一九三四年三月十九日

岳阳楼

叶　紫

诸事完毕了，我和另一个同伴由车站雇了两部洋车，一直拉到一向所景慕的岳阳楼下。

然而不巧得很，岳阳楼上恰恰驻了大兵，“游人免进”，我们只得由一个车夫的指引，跨上那岳阳楼隔壁的一座茶楼，算是作为临时的替代。

心里总有几分不甘。茶博士送上两碗顶上的君山茶，我们接着没有回话，之后才由他那同伴发出来一个这样的议论：“‘不入虎穴，焉得虎子！’我们不如和那里面的驻兵去交涉交涉！”

由茶楼的侧门穿过去就是岳阳楼。我们很谦恭地向驻兵们说了很多好话，结果是：不行！

心里更加不乐，不乐中间还带了一些儿愤慨的成分，闷闷的，然而又发不出脾气来。这时候我们只好站在城楼边，博士的手所指着的方向，像看电影画面里的远景似的，概略地去领略了一点儿“古迹”的皮毛。我们知道了那兵舍的背面有一块很大的木板，木板上刻着的字儿就是传诵千古的《岳阳楼记》。我们知道了那悬着一块“官长室”的小牌儿的楼上就是岳阳楼。那里面还有很多很多古今名人的匾额，那里面还有纯阳祖师的圣像和白鹤童子的仙颜，那里面还有——据说是很多很多，可是我们一样都不能看到。

“何必呢？”我的同伴有点不耐烦了，“既然逛不痛快，倒不如回到茶楼上去看看山水为佳！”

我点了点头。茶博士这才笑嘻嘻地替我们换上两壶热茶，又加上点心和瓜子，把座位移近到茶楼边上。

湖，的确是太美丽了；淡绿微漪的秋水，辽阔的天际，再加上那远远竖立在水面的君山，一望简直可以连人们的俗气都洗个干净。小艇儿鸭子似的浮荡着，像没有主宰；楼下穿织着的渔船，远帆的隐没，处处都欲把人们吸入到图画里去似的。我不禁兴高采烈起来了：“啊啊，难怪诗人们都要做山林隐士，要是我也能在这里做一个优游水上的渔民，那才安逸啊。”回头，我望着茶博士羡慕似的笑道：

“喂！你们才快活啦！”

“快活？先生！”茶博士莫明其妙地吃了一惊，苦笑着。

“是呀！这样明媚的湖山，你们还不快活吗？”

“快活！先生，唉……”茶博士又愁着脸儿摇了摇头，半晌没有回答。

我的心中却有点儿生气了。也许是这家伙故意来扫我的兴的吧，不由追问了他一句：“为什么不快活呢？”

“唉！先生，依你看也许是快活的啊……”

"为什么呢?"

"这年头，唉！先生，你不知道呢!"茶博士走近前来，"光是这岳阳楼下，唉！不像从前了啊！先生，你看那个地方就差不多每天都有人来上吊的!"他指那悬挂在城楼边的那一根横木，"三更半夜，架着小船儿，轻轻靠到那下面，用一根绳子！……唉！一年到头不知道有多少啊！还有跳水的……"

"为什么呢?"

"为什么！先生，吃的，穿的，天灾，水旱，兵，匪，鱼和稻又卖不出钱，捐税又重！……"看他的样子像欲哭。

"那么，你为什么也不快活呢?"

"我，唉！先生，没有饭吃，跑来做堂倌，偏偏又遇着老板的生意不好！……"

"啊——"我长长地答了一句。

接着，他又告诉了我许多许多。他说：这岳阳楼的风水很多年前就坏了，现在已经不能够保佑岳州的人了，无论是种田，做生意，打鱼，开茶馆……没有一个能够享福赚钱的。纯阳祖师也不来了，到处都是死路了。湖里的强盗一天一天加多，来往的客商都不敢从这儿经过。尤其是游君山和游岳阳楼的，年来差不多快要绝踪了。况且，两个地方都还驻扎着军队……

我半晌没有回话。一盆冷水似的，把我的兴致都泼灭了。我从隐士和渔民的幻梦里清醒过来，头不住地一阵阵往下面沉落！我低头再望望那根城楼上的横木，望望那些渔船，望望水，望望君山，我的眼睛会不知不觉地起着变化：变化得模里模糊起来，黑暗起来；美丽的湖山全都幻灭了。我不由引起一种内心的惊悸!

之后，我催促着我的同伴快些会过账，像战场上的逃兵似的，我便首先爬下了茶楼，头也不回地，就找寻着原来的路道跑去。

一路上，我不敢再回想那茶博士所说的那些话。我觉得我非常庆幸，我还没有真正做一个岳阳楼下的渔民。至少，在今天，我还能够比那班渔民们多苟安几日。